書下ろし

ソトゴト 公安刑事

森詠

祥伝社文庫

目次

第一章　雪の彷徨《ほうこう》

1

いったん降《ふ》り止《や》んでいた雪が、また静かに降りはじめた。

低く垂《た》れ籠《こ》めた雪雲と荒波に揺らめく水平線は降りしきる雪に隠れて、空と海の区別がつかなくなっていた。

猪狩誠人《いがりまさと》巡査は凍《こご》える手でポケットから煙草《たばこ》を取り出し、一本を口に咥《くわ》えた。マッチを擦《す》り、ぼんやりと燃え上がった炎に煙草の先を入れて煙を喫《す》った。

雲に隠れた太陽が西に傾き、水平線の彼方《かなた》に沈んだようだった。鼠《ねずみ》色の雲がさらに薄暗さを増している。

北西から肌を刺すような風が吹き寄せはじめていた。

猪狩は雪の上で足踏みをしながら、凍えそうな寒さに堪《た》えていた。厚手の革《かわ》のコートを着ているものの、冷気は容赦《ようしゃ》なく首周りや袖《そで》口から忍び込んでくる。

毛糸の手袋をはめた両手をぱんぱんと叩《たた》いて刺激し、指先の血行をよくする。それでも指は凍るように冷たく、いまにも凍傷にかかりそうだった。

猪狩は空を舞う雪片を見上げた。ふと、子供のころの記憶が甦《よみがえ》った。

「マーちゃん、ほら、雪は黒く見えるね」

幼なじみの亜美《あみ》は空を見上げ、大きく口を開けながらいった。

「馬鹿だな。雪は白いに決まっているさ。変なの、亜美って」

誠人は笑いながら、亜美を振り向いた。

ちゃんちゃんこ姿の亜美は、空を見上げ、大きく口を開けて、一心不乱《いっしんふらん》に降って来る雪片を口で受けていた。

「だって、ほんとだもん。マーちゃんもわたしと同じようにやってみな。黒く見えるから」

誠人も空を見上げた。舞い降りる無数の雪片は、灰白色の空を背景にすると小さな黒い影になって落ちてくるのだった。

「あ、ほんとだ。黒いや」

「ね、ほんとでしょ」

「うん」

誠人は亜美の真似《まね》をして、大きく口を開いた。

ぼたん雪が口に舞い込み、一瞬のうちに口の中で融《と》ける。ひんやりした雪片の感触が面白い。雪の味はない。いくぶんか埃《ほこり》っぽい味がする。

亜美は頬《ほ》っぺたを真っ赤にして、空を見上げ、雪を口に入れている。ちらりと誠人を見て、くくくっと悪戯《いたずら》っぽく笑った。

「おいしい？」

「まずい」

誠人は口を閉じ、わざと、ぺっと唾《つば》を吐いた。

「わたし、雪、大好き」

「腹の足しにもなんねえ」

「でも、こうしていると、お腹空《す》いているの忘れてしまう」

「亜美、おまえ、昼飯食ったのか？」

亜美は答えず、口を開け、雪を口に受けている。

「食ってねえのか」

「…………」

「なんなら家《うち》へ来いや。なんかあるすけ」

「いいの。亜美は食べなくても平気なの」

亜美はにっと笑った。

誠人は亜美の手を握った。

「いいから、遠慮すんな。おまえんちの母さん、帰ってくるまで家に来ていればいいさ」

誠人は亜美の手を引き、家に向かって雪道を駆け出した。幼気《おさなげ》な亜美の手は小さく、氷のように冷たかった。

誠人は遠い記憶を辿《たど》った。

亜美が突然いなくなってから、もう十五年になる。

記憶には色がついている、と何かの本に書いてあった。そうだとすれば、亜美の記憶は白い雪の世界だ。

車のエンジン音が聞こえ、猪狩は我に返った。ヘッドライトが一閃《いっせん》し、通りの端に積み上げた雪の山を照らして消えた。

誠人はため息をつき、近寄ってくる車を眺めた。先頭の車両は赤灯を回している。

新潟県警のパトカーが先導して、数台の捜査車両が雪煙を巻き上げて走って来る。いずれの車の屋根にも赤灯が回っていた。

赤い光が雪に反射してあたりをぼんやりと明るくしていた。

先頭のパトカーが止まると、その後ろに連《つら》なるようにして三台の車が停車した。

パトカーからは制服警官が二人、雪が降りしきる中に降りた。糸魚川《いといがわ》署地域課課長の大《おお》林《ばやし》警部と刑事一課係長の島《しま》警部補だった。

後続の捜査車の左右のドアが開き、私服の刑事たちが降りる。

「ご苦労さまです」

猪狩は頭や肩にかかった雪を手で叩き落とし、大林課長や島係長に挙手《きょしゅ》の敬礼をした。

立ち入り禁止の黄色と黒色のロープを引き上げる。

「ご苦労さんです」

「ご苦労さん。冷えるねえ」

大林課長と島係長は猪狩に軽く手を上げ、猪狩が持ち上げたロープの下をくぐり抜けた。

後から来た私服刑事たちも立番している猪狩に目を走らせた。

「ご苦労さまです」

「うっす」「おっす」

刑事たちは猪狩に軽く手を上げ、ロープを潜《くぐ》って猪狩の前を通り過ぎて行った。

「なんだって、こんな寒い雪の日によ」

「……ったく、やってらんねえぜ」

刑事たちのぼやく声が聞こえた。四人は所轄《しょかつ》の糸魚川署の刑事たちだ。

その四人が通り過ぎてまもなく、三台目の車から降り立った三人の私服刑事たちが物静かに歩いて来た。

三人は所轄署の刑事とはどこか違った雰囲気《ふんいき》を漂《ただよ》わせている。猪狩は三人が県警本部の捜査員たちだろうと思った。だが、こんな事件に、なぜ、県警本部の捜査員が駆け付けたのだ？

猪狩は挙手の敬礼をして迎えた。

「ご苦労さまです」

「…………」

猪狩はまたロープを引き上げ、刑事たちを潜らせた。二人の刑事が先に潜り、ついで初老の男が後から潜り抜けた。

一番年上らしい初老の刑事が、ロープを潜った後ふと足を止め、猪狩を見た。

先の二人は猪狩には目もくれず、道の奥の一軒家に歩いて行く。いずれもコートの襟《えり》を立て肩に降り積もる雪を気にもしていない。

初老の刑事は、先に行く二人を呼び止めた。

二人の刑事は戻って来て初老の刑事と小声で何事かを話していた。

「……いいな」

「はいっ」「はい。了解です」

二人の刑事は小さく返事をし、踵《きびす》を返して一軒家へと歩き去った。

初老の刑事はコートのポケットからインフィニティの箱を取り出し、煙草を一本抜いて咥えた。ガスライターで火を点《つ》け、煙を吹き上げた。

「きみは駐在所の警官かね」

「いえ、駐在所ではなく、能生《のう》交番詰めです」

猪狩は少しプライドが傷ついた。駐在所に常駐する、いわゆる「駐在さん」は普通夫婦や家族ぐるみで駐在所に定住して、地域の治安を守る。

それに対し、交番は駐在所と違って、警察官はそこに常駐していない。毎日、交代で署員が交番に派遣されて勤務する。能生交番の場合、交番所長のほか、常時三名の警官が詰めている。

「通報者は巡回のＰＭ（警察官）だと聞いていたが、きみだったのかね」

「はい。自分が通報しました」

「遺体の第一発見者も、きみなのか？」

「はい。自分です」

通常、第一発見者は事件性のある事案の場合、重要参考人と目《もく》されることが多い。

「発見した時の状況を話してくれんか？」

猪狩は初老の刑事に尋《たず》ねた。

「失礼ですが、あなたは？」

警察官は見も知らぬ人に事件の情報を洩《も》らしてはならない。刑事を装《よそお》った新聞《ブン》記者《ヤ》ということもある。

初老の刑事の目に一瞬鋭《するど》い光が走った。初老の男は笑みを浮かべながら、おもむろに防寒コートの内側から、警察手帳を取り出し、身分証を猪狩に提示した。

「私は警備局の真崎《まさき》だ」

猪狩は男の警察手帳に、警察庁警備局、課長補佐、警視《けいし》とあるのを見逃さなかった。

公安？　公安がなぜ、捜査に来たのだ？

「失礼いたしました」

猪狩はあらためて真崎警視に挙手の敬礼をした。真崎は笑いながらうなずいた。

「発見した状況を話すのに、相手を確かめるのは、当然のことだ」

「はい」

「概略《がいりやく》でいい。何があったのか、説明してほしい」

「本日午前十一時十分、自転車でいつもの通り、巡回パトロールに出ました。この路地に差し掛かり、門灯がまだ点いたままになっていたので、気になって古三沢《こみさわ》さんの家を訪れたのです。ああ、亡くなった方は、古三沢忠夫《ただお》といい、男性四十三歳、無職です」

「うむ。続けたまえ」

「玄関ドアに鍵《かぎ》は掛かっておらず、半開きになっていました。おかしいと思い、お留守《るす》ですかと声を掛けながら、室内を覗《のぞ》くと、二階への階段付近で、首を吊っている男の人影が見えたのです。急いで一一〇番通報を行ない、内部に上がりました。すると、首を吊っていたのは、古三沢さん本人だと分かったのです」

　真崎は煙草の煙を吹き上げた。

「それで？」

「すぐに階段を上がり、ロープを解《ほど》いて、古三沢さんを下におろしたんです。すでにCPA（心肺停止状態）でしたが、体はまだ温かかった。救急車が到着するまで、救命措置の心臓マッサージと人工呼吸を行なったのですが、やはり時間が経《た》っていたらしく、蘇生《そせい》しませんでした」

「ふうむ」

「一見、自殺のように見えましたが、状況から、殺しの可能性もあると考え、地域課の上司に報告するとともに、刑事課にも通報しました」

「なぜ、自殺ではない、と思ったのかね？」

猪狩は口籠もった。

「警察官としての勘《かん》です」

「……勘か」

真崎は煙草の煙を吹き上げて笑った。

「いいだろう。警察官は勘が鋭くないといかん。何が気に掛かったのだ？」

「昨日、古三沢さんがスーパーで買物をするのを見かけたのです。自分はちょうど非番だったので、買物しにスーパーに出掛けた時でした。彼の買物を見ていると、一人者にしてはかなりの量の野菜や牛肉を買い込んでいたのです。肉や葱《ねぎ》、春菊、シラタキなどを籠《かご》に入れていたから、きっと誰かが訪ねて来るので、お客と一緒にすき焼きでもするのかな、と思いました」

「なるほど」

「誰かとすき焼きを食おうという男が、自殺をするなんて、妙だなと思ったんです」

「現場の部屋に、すき焼きをした跡はあったのかね？」

「台所には買い込んだ野菜が放置されていたので、おそらく訪問客は来なかったのかも知れません」

真崎は煙草の吸い差しを地面の雪に押しつけて消した。ポケットから携帯灰皿を取り出し、火が消えた吸い殻を中に入れた。

「きみは、古三沢さんのことをどの程度知っているのかな？」

猪狩は路地の二階建の家屋を指差した。

「あの一戸建は、しばらく空《あ》き家でした。その空き家についーヵ月ほど前から、古三沢さんが入居したのです。この町内は自分の受け持ち区域なので、さっそく巡回連絡簿を持って訪ねました。そして、職業とか家族、万が一の場合の緊急連絡先などを聞いたのですが、古三沢さんは口を濁《にご》してちゃんと答えてくれなかった。独身らしく、単身で住んでおり、ちらりと見たかぎりでしたが、部屋にはほとんど家財道具らしいものはなかった。服装もいつも同じ背広やズボンで、あまり外出する様子もなく、家に籠もっているようでした」

「きみは、それで不審に思ったわけだな」

「はい。妙な人だなと感じたもので」

「身元は調べたのか？」

「一応、名前を１２３にかけました。もしかして、指名手配者とか、過激派ではないかと思いまして」

「１２３」は犯罪歴や逮捕歴、指名手配の有無を照会する手続きの暗号コードである。

「何かヒットしたかね？」

「いえ。なにもヒットしませんでした」

犯罪歴や逮捕歴なし。指名手配の該当者ではない。

「県警のデータベースで調べたのかね？」

「いえ。それはしていません」

「きみはＰフォンは持っていたのだろう？」

「持っていますが、自分は刑事ではありません。上司から指令された以上のことは出来ません」

猪狩は足踏みをしながらいった。寒さで足先が冷えきっている。

Ｐフォンとは各県警の制服警官に配られているＧＰＳ機能付きの警察専用特殊ケータイである。事件が発生すると、直《ただ》ちに事案が発生した地域の警察官のＰフォンに、いっせいに緊急指令や犯行現場の地図や逃走経路などの情報が流される。その際、Ｐフォンに被疑者の顔写真や人着、逃走車両の車種、ナンバーなどのデータも送信され、警察官全員が情報を共有することが出来る。

Ｐフォンさえあれば、本部に身元の問い合わせは出来る。だが、刑事は捜査権があるが、一般警察官には捜査権はない。上司の命令や許可がなければ、怪《あや》しいからといってやたらに不審者の身元を洗ったりすることは禁じられている。

「古三沢のことで、ほかに何か気になったことはあるか？」

「直接古三沢さんについてではないのですが、この家の周辺で妙な動きがありました」

「何かな？」

「数日前から同じミニバンが、何度もこの道路に出入りしていたのです」

「ほう」

「ミニバンは、どうもこの家の周囲をうろついているとしか思えなかった」

「ナンバーは覚えているかね？」

「はい。練馬《ねりま》ナンバーのろの８３……でした」

「その話は、捜査員に告げたのかね？」

「いえ。まだです。刑事でもない交番詰めが余計な口出しをするなと、あらかじめ釘《くぎ》を刺されているんです」

猪狩は頭を振った。

所轄の刑事課員は、ろくに調べもせず、はじめから自殺として処理し、第一発見者の猪狩の話など聞こうとしなかった。

猪狩は仕方なく新潟県警本部の捜査一課の知人に、死んだ男は自殺ではない可能性があると通報した。それから事態が動いた。県警捜査一課が動き、他殺の可能性もあるかどうか、あらためて捜査を行なうことになった。

現場の家屋から、先の二人の刑事が戻って来た。

「ボス、ちょっと」

刑事の一人が真崎の傍《そば》に寄り、何事かを告げた。

「……間違いないな」

「はい」

刑事たちは首肯《うなず》いた。

「よし。ご苦労さん。あとは地元に任せよう。今夜のところは引き揚げだ」

真崎は刑事たちにいった。ついで、猪狩に振り向いた。

「いまの話、実に興味深かった。よく気が付いた。きみは刑事に向いている。刑事になるつもりはあるかね」

「はい。刑事志望です」

猪狩は胸を張った。真崎はうなずいた。

「そうか。しっかり勉強しておけ。きっといい刑事になれる」

「ありがとうございます」

猪狩は真崎に敬礼した。真崎は笑いながら、うなずいた。

「明日、もしかすると、きみを呼び出し、もう一度事情を聴くかもしれない。いいな」

「はい」

真崎は、それだけいうと、二人の刑事に目配せした。

二人の刑事と真崎は、駐車した捜査車両に引き揚げて行った。

猪狩は現場の家屋に目をやった。

現場の家屋から、大林課長や島係長、その後から刑事たちが出て来るのが見えた。

寒さが足元から吹き上がって来る。猪狩は足踏みをして寒さを堪《こら》えた。

2

現場保存の見張りを交代して、寮に戻ったのは、夜明け近くの午前四時だった。ほんの少し仮眠を取り、午前六時には叩き起こされ、朝食を取る。

午前八時、眠い目をこすりながら、糸魚川署に上がる。一階奥の地域課の大林課長が猪狩を見ると、渋い顔で手招きした。

猪狩は自席にかばんを置き、急いで課長席の前に立った。

「昨日はご苦労さんだったな。おまえの指摘通り、殺しの可能性ありとなった。本部の捜査一課が再捜査することになった」

「そうですか」

猪狩は不機嫌な大林課長に、なんと答えたらいいのか分からず、曖昧《あいまい》にいった。

「まもなく捜査一課の連中が乗り込んでくる。署長は、おかんむりだ。よりによって年の暮《くれ》が近いというのにな。これで殺しとなれば、帳場が立ち、正月返上の年越しになる」

「はあ。申し訳ありません」

猪狩はなんとなく自分が悪かったのか、と思いつつ、謝りの言葉を吐いた。

「まあ、いい。おまえが悪いわけではない。ホトケさんも、うちの管轄《かんかつ》ではなく、よそで死んでくれればよかったのだが、ま、運が悪かった。定年前だから、波風立たず、穏やかに退職できればと思っていたが、どうも、そうはいかなくなりそうだ」

大林課長は苦々しく笑った。猪狩は責任を感じていった。

「自分は、何をしたらいいのでしょうかね」

「おまえは、なんもせんでもいい。捜査は刑事課の仕事だ。ただ、おまえは第一発見者として、いろいろ聴かれるだろう。課員には、見聞きしたことをすべて話せばいい。それだけだ」

「分かりました」

猪狩は少し拍子抜けした。

遺体の第一発見者として、現場の捜査に立ち会い、捜査に加わるのか、と思っていたからだ。

「それから警察庁から来ていた真崎警視が、おまえのことを誉《ほ》めていたぞ。いいところに気付いたと。おまえは刑事向きだとな」

猪狩は訝《いぶか》った。

「課長、どうして警察庁警備局のお偉方《えらがた》が、わざわざ、うちの管内に出張《でば》っていたんです？」

「たまたま、うちの県警を視察に来ていたらしい」

「視察ですか？　何かあったのですか？」

「知らん。ともかく、公安《ハム》の連中の行動は分からん。保秘《ほひ》が多すぎてな。何をしに来ているのか、訊《き》いても教えてくれないからな」

「いま、あの人たちは、どこにいるのです？」

「昨夜のうちに東京に帰った。こんな雪の国には寒くていられないとぼやいていたそうだ」

東京に帰った？

猪狩は怪訝《けげん》に思った。

今日、あらためて自分に事情を聴くかも知れないといっていたのに。

そもそも真崎警視たちは、どうして、雪国の糸魚川市にやって来ていたのか？　なぜ、古三沢忠夫の死に関心を抱いたのか？　古三沢は公安の捜査対象だったということなのか？

「ホトケさんの遺体は？」

「新潟大学に送った。司法解剖《かいぼう》をして、死亡原因を調べる」

「首吊りではないかも知れないというのですか？」

「分からない。ともあれ、猪狩、ご苦労だった。あとはわしらの仕事ではない。一課に任せよう」

大林課長は話を打ち切った。

「今日の当番は、倉田《くらた》班だったな？」

「はい」

「寒い夜、一晩、不寝番《ふしんばん》はたいへんだったろう。今日は非番にする。休みを取れ。倉田には、わしからいっておく」

「ありがとうございます」

猪狩はほっと安堵《あんど》の吐息をついた。ほとんど徹夜だったので、このまま引き続き交番勤務をするのはきつい。

猪狩が勤めるのは、糸魚川署の能生交番である。郊外の住宅地の交番で、そこで毎日のルーティンワークを怠《おこた》らずに行なっていた。

能生交番の担当班は三班あり、二十四時間交代で交番に詰める。通常、班は警部補の箱長（交番所長）の下、二、三名の巡査から編成されていた。

「おお寒《さ》む」

「冷えるなあ。凍え死にそうだぜ」

地域課のフロアに、どやどやっと革の外套《がいとう》姿の警官たちが帰って来た。冷たい外気が暖かい部屋に流れこんでくる。いずれの男の外套の肩にも、白い雪片が積もっていた。

倉田班の面々だった。

「おう、猪狩、上がっていたか」

班長の倉田警部補が帽子を脱ぎ、雪を払い落としながらいった。

小沼《こぬま》巡査長が外套を脱ぎながら猪狩をからかった。

「おまえのおかげで、刑事課連中はおおむくれだぜ」

「まったく。先輩が余計なことをいわずに、黙っていたら、事案は自殺で一件落着だったのにと刑事課の連中は、えらくおかんむりでしたよ」

新人松本《まつもと》巡査は内緒事のように小声でいった。

猪狩は頭を振った。

倉田警部補は階級が上なだけでなく、メンコ（年季）の数が多い古株ということで、威《い》張《ば》り散らしていた。倉田は一日も早く交番勤務から解放され、本部の生活安全課や交通課などへ配属されるのを夢見ているサラリーマン警察官だ。

小沼巡査長は、その倉田警部補にさらに輪をかけたようなサラリーマン警察官で、とにかく無事に定年が来るまで勤め上げ、その後は田舎《いなか》に引っ込み、年金で暮らそうと目論《もくろ》んでいる。

新人の松本巡査は、警察官を拝命して、まだ一年目だが、先輩の倉田交番所長や小沼巡査長の洗礼を受け、早くもやる気のなさを見せはじめていた。

倉田警部補は、小沼と松本とともに、大林課長の席の前に並んだ。

「課長、能生交番付き第一班、班長以下、小沼巡査長、松本巡査、以上三名は、第三班と交代し、これより日勤に入ります」

倉田班長が大林課長に申告した。

「うむ。しっかり頼みます」

倉田たちは一斉に大林課長に挙手の敬礼をした。大林課長は鷹揚《おうよう》に答礼した。

交番勤務は、通常、二十四時間交代で、当番、非番、日勤のシフトを繰り返す。非番といっても、待機非番で完全な休みということではない。呼び出されれば、すぐに飛び出さねばならない。

日勤は署内で地域課関係の仕事をこなす。交番勤務では出来ない書類作りや整理をしなければならない。

糸魚川署管内には、能生交番のほか、青海《おうみ》交番、糸魚川駅前交番、梶屋敷《かじやしき》交番があり、それぞれの班が大林課長に交代した旨《むね》の申告をする。

倉田班長、小沼、松本の三人は、ほかの班員と雑談を交《か》わしながら、それぞれの机の席につき、溜まっている書類書きをはじめた。

猪狩は生あくびを噛《か》み殺し、机の上の報告書を片付け、寮に帰る支度《したく》をした。

「猪狩、おまえが受け付けた盗難届けや拾得物《しゅうとくぶつ》届けの書類、帰る前に書き上げておけよ」

倉田班長が書類を猪狩の机に放った。

「はい」

猪狩は椅子に座り直し、手元に来た報告用紙に目を落とした。

また、どやどやっと人が署内に入ってくる気配がした。出入口から冷たい外気が風となって入って来た。

猪狩は顔を上げた。

男たちはいずれもコートを着込み、渋いネクタイのダークスーツ姿だった。鋭い目付きで、じろりと署内を見回した。見るからに県警捜査一課の刑事だという気を放っている。

「お、一課だ」

「一課が乗り込んできたぞ」

地域課の課員たちに囁《ささや》きが走った。

大林課長が席から立ち上がった。

がたいのいい男が大林課長の席につかつかと歩み寄った。

「本部の捜査一課1係です。第一発見者の猪狩巡査は？」

「ご苦労さまです。おい、猪狩」

大林課長は大声で猪狩の名を呼んだ。

「はい」

猪狩が返事をして立ち上がると、男たちの目が一斉に猪狩に注がれた。

3

「へぇえ。そんなことがあったのか。それで、どうした？　一課の事情聴取を受けたんだろうな」

蓮見健司《はすみけんじ》はハイボールのグラスを口に運びながら猪狩に訊いた。

イタリア料理風居酒屋『ナポリの海』の店内は、新年早々ということもあり、大勢のサラリーマンや学生、若者たちでごった返していた。

猪狩は白ホッピーをグラスに注《そそ》いで、マドラーで掻《か》き回した。

「だけど、事情聴取というよりも、あれは尋問《じんもん》だったな」

「そんなに厳しかったの？」

脇から山本麻里《やまもとまり》がテーブルに身を乗り出した。

「まるで、おれがマル被《ひ》（被疑者）か重要参考人のようだった。取り調べられる者の身になって考えることが出来たのは貴重な経験だったな」

山本麻里はスパークリング・ワインを飲みながら、猪狩を見つめた。

「取り調べ官は県警本部一課のベテランばかりでしょ。ね、ね、どんな尋問するのか、わたし、興味津々《しんしん》だな」

蓮見健司、山本麻里と猪狩の三人は、県警警察学校の第62期の同期生、大塚教場《おおつかきょうじょう》で同じ釜《かま》の飯を食った仲である。蓮見も麻里も大卒の異色の人材だ。

蓮見は猪狩と同じ新潟高校出身だ。だが、高校時代には、クラスも別々だったので、顔見知りではあったが、付き合いはなかった。

蓮見は東大法学部に進み、卒業後、親同様検事になるかと思いきや、大手の銀行に就職した。一年もしないうちに、その会社も辞め、新潟県警の試験を受け、トップの成績で合格、警察学校も首席で卒業している。蓮見は検事である父親に反抗してのことだったらしい。

一方の山本麻里は外交官の娘で、帰国子女である。家族ぐるみで、父の赴任《ふにん》先のイギリスに住んでいた。小中学校は日本だったが、高校はイギリスのパブリックスクールを卒業している。麻里は高校を卒業すると、両親をイギリスに残し、単身日本に帰国し、ＩＣＵ（国際基督《キリスト》教大学）に入学した。大学を卒業した後、父方の実家がある新潟に身を寄せ、両親には内緒で新潟県警の試験を受けた。

麻里も蓮見に劣《おと》らない優秀な成績で合格、警察学校こそ蓮見に首席の座を譲《ゆず》ったものの、次席の成績で卒業した。

猪狩誠人自身は、新潟高校を卒業し、新潟大学人文学部に入った。卒業していったんは、大手の貿易商社に就職したが、仕事に馴染《なじ》めず、退職し、子どものころから憧《あこが》れだった警察官になろうと、新潟県警の試験を受けて合格した。

警察官の人事は、警察学校の卒業時における成績の席次が終生《しゅうせい》付いて回る。首席だった蓮見や次席の山本麻里は、本人たちが希望する警察署や部署に配属されることになっている。だが、なぜか、蓮見は希望した地方の所轄署ではなく、新潟市内の中央署に配属された。県警幹部は、蓮見を将来の幹部候補として育て上げようとしていたのだろう。

山本麻里は英語が堪能《たんのう》であることを買われて、県警本部国際共助課付きになった。彼女は、将来刑事になるため地方の所轄署を望んだのだが、上層部は、将来の有望な女性幹部候補として、麻里を育てるつもりのようだった。

猪狩は、希望通り新潟県最西端に位置し、富山県と県境を接する糸魚川署の交番勤務となった。

蓮見も麻里も猪狩も、初任の階級は、巡査からスタートする。

教場では高卒も大卒も同じ扱いだが、蓮見や麻里のような異色の人材は、上から目をかけられ、否《いや》が応《おう》にも目立つ存在になる。とりわけ、麻里は、その美貌《びぼう》もあって教場のマドンナになっていた。

大塚教場では、麻里、蓮見と猪狩の三人は、なぜか気が合い、行動をともにすることが多かった。

警察学校卒業後も、三人の親しい間柄は続いた。今回は県警本部で行なわれた昇任試験を受けた帰りに、三人で寄り集まったところだった。

猪狩はマドラーで掻き混ぜた白ホッピーを飲み、自嘲《じちょう》的に笑いながらいった。

「自分がマル被扱いされる機会も、滅多《めった》にないと思うから、おれも彼らから尋問のテクニックを盗んでやろうと思ったんだ」

「勉強になった?」

麻里がにこっと笑いながら、ワインを飲んだ。

「うん。実に勉強になった。本当に厳しい尋問だった」

蓮見はハイボールを飲み、ふーっと息を吐いた。

「どんなことを聴かれたんだ？」

「発見した時、遺体はどういう格好をしていたのか？　どんな具合にロープが首に巻かれていたのか？　ロープの結び方はどうだったか？　遺体は白目を剝《む》いていたか？　それとも目を閉じていたか？　首の骨は折れていたか？　指の爪の中を調べたか？　家に入った時に、誰かいた気配がなかったかとか。ともあれ、部屋の様子とか遺体の様子について、微《び》に入《い》り細《さい》に入り聴かれるんだ。しかも何度も同じことを聴かれ、ひとつ一つの記憶を確かめさせられる。ほんのちょっとした細かいところまでチェックされた」

「刑事捜査講習で、縊《い》死《し》の特徴については習ったことじゃないのか？」

「それが、習った縊死と実際の縊死とは微妙に違うんだ」

「どう違うというの？」

「匂い、体温、肌の感触、そんなものの違いというか……」

猪狩は古三沢忠夫の死に行く様を思い浮かべ、ホッピーを啜《すす》った。蓮見がにやついた。

「実際の遺体を扱ったのは初めてだからだろう？」

「そうなんだ。おれが駆け付けた時、ＣＰＡだったが、まだ軀は温かかった。だから、必死に人工呼吸や心臓マッサージをやり、救急車が来るまで、夢中で蘇生措置をやっていた。それで、自殺か他殺かなんぞ、見分けたりする余裕はなかった。縊死の特徴がどうの、というのは、死体の検分で見えているもので、生体では、そんなことを考える余裕なしってことさ」

「死体と生体の違いって、どんなこと？」

麻里が大きな眸《ひとみ》を輝かせた。

「首吊り自殺した遺体は、きれいなものではない。死んでまもなく、肛門や尿道が開き、大小が垂れ流しになる。その様子を聴かれたんだ」

「おまえが蘇生措置をしたということは、まだ、そういう状態じゃなかったからではないのか？」

「そうなんだ。でも、だめだった」

「もし、他殺だったなら、まだ部屋のどこかに、犯人がいたのではなくって？」

麻里は目を細めた。

「一課からも、そのことはしつこく何度も聴かれた。だけど、まわりを見る余裕はなかったんだ。だから、誰かいたのかも知れないし、いなかったかも知れない」

蓮見が呆《あき》れた顔で猪狩を見た。猪狩は頭を掻いた。

「おれ、初めての現場だったので相当慌てていたらしい。実地検分のいろはをすっかり忘れていた」

「しようがないわねえ。というわたしも、実際の死体を見ていたら、きっと慌てるでしょうけどね」

麻里も笑った。

蓮見は店の従業員にハイボールのお代わりを頼みながら、猪狩に訊いた。

「それで、どうなったんだ？　他殺となったのか？　自殺とされたのか？」

「まだ結論が出せず難航しているらしい。自殺、他殺の両面で、いまも捜査が続いている」

「どうして、難航しているんだい？」

「おれ、捜査から外れているから何ともいえないが、上司から聞いた話では、遺書めいたメモが現場にあったらしいんだ」

「遺書？　じゃあ、自殺に決まりじゃないか」

「だけど、変なんだ。その遺書めいた走り書きは、後になって見つかっているんだ」

「後から？　どういうこと？」

「おれが通報した後、うちの署の刑事が現場を捜索した時にはなかった。それなのに、一課が乗り込んで調べたら、台所のテーブルの上に置いてあったそうなのだ」

「所轄署の刑事が現場にあったメモを見逃したというのか？　ドジだな」

「最初に現場を検分した刑事たちは、あらかじめ首吊り自殺だと思っていたから、もし、遺書のようなメモがあったら、絶対に見逃すようなへまはしていない、と言うんだ」

「それはそうよね」

「だとすると、誰かが後から現場に入り、メモを置いたというのかい？　そうなると、他殺の線も出て来るな」

蓮見は思案《しあん》げな顔でいった。猪狩はうなずいた。

「遺書めいたメモが出たことが、かえって自殺か他殺かもめる要因になっているらしいんだから、皮肉だよな」

「現場の保存は、おまえもやっているのだろう？　誰かほかに無断で現場に入ったということはないのか？」

「おれが現場保存のために立っていた間は、捜査員以外は、誰も入れなかった。交代した後のことは知らないがね」

猪狩は瓶《びん》を傾け、ホッピーをグラスに注いだ。蓮見がハイボールを飲みながらきいた。

「一課は、どう見ているんだ？」

「一課は、いくら所轄の捜査員たちがドジでも、メモがあるのを見逃したとは考えにくい、誰かが後から忍び込み、自殺を装うための追加の偽装工作とした可能性があると見ているらしい」

「所轄の刑事たちは？」

「それが事情が複雑でな。署の上の連中は捜査員たちがメモを見逃したのではないか、と思っている。刑事の失策だとな。遺書のメモが見つかったんだから、自殺ではないか、という空気が強い」

　麻里が冷ややかに笑った。

「所轄としては、自殺で収めたいということね。自殺だったら一件落着《ケースクローズド》になるものね」

「その後、一課からおまえに事情聴取の声は掛からないのか？」

「うん。何も訊かれてない」

「一課に知り合いがいるんだろう？　その知り合いに、その後の捜査状況を聞けないのか？」

「いるにはいるが、そんなことを訊くことが出来る間柄ではない。一、二度、挨拶《あいさつ》したぐらいの知り合いなんだ」

猪狩は県警捜査一課にいる田所《たどころ》純也《じゅんや》警部補を思い浮かべた。

田所純也には、亜美の思い出が纏《まと》わりついている。猪狩誠人は、幼なじみの亜美を思い出す度《たび》に、胸の奥がさわさわと波立ち、鈍《にぶ》い痛みが疼《うず》き出す。

「なんだ、そんな程度の知り合いだったのか」

蓮見はやれやれと頭を振った。

ウエイトレスがピザの大皿をテーブルの上に置いた。

「はい。お待ちどうさま。特製のピザです」

「お、旨そう」猪狩は手を擦《こす》った。

蓮見が笑顔になった。

「ここのピザを食うのは久しぶりだな」

「まったくね。これが試験が終わった後の何よりの楽しみだものね」

三人は一斉に手を伸ばし、ピザの切片を取り皿に移した。すぐに猪狩はピザにかぶりついた。

蓮見は店のウエイターに手を上げた。ウエイターがすぐ注文を受けにやってきた。ハイボールのお代わりを頼んだ。

「今回の刑事講習が終わったら、麻里は、今度はどこを志望するんだ？　上から訊かれただろう？」

「ええ。でも、どうなることか。もしかすると、わたし、アメリカに研修に行くかも知れない」

「アメリカに研修に行くって？」

猪狩は驚いて麻里の顔を見た。麻里はうなずいた。

「まだ先の話よ。その前に、いったん、警察庁に出向するらしいけど」

「そうだよな。地方警察の新潟県警からアメリカに出されることはない。いったん警察庁に引き抜かれ、それからあらためてバージニアのクアンティコに出るんだろう。国費でな」

「クアンティコというのは何だ？」猪狩がきいた。

「クアンティコには、ＦＢＩアカデミー、つまりＦＢＩ捜査官の研修所があるんだ」

「なに、麻里はＦＢＩに研修に行くのか？」

「まだ内示だけどね。わたしが、ＮＯといえば、もちろん、なしになる」

蓮見が笑いながらいった。

「行って来いよ。たしか、寄宿舎に入り、法執行機関研修施設で十週間ほどかけて、法律を学んだり、捜査技術、銃器の扱い、格闘術など厳しい訓練を受ける。ＦＢＩ捜査官は全員、そのＦＢＩアカデミー修了者だ」

「そうか。麻里は警察庁からも、将来を見込まれているんだ」

猪狩は羨《うらや》ましそうにいった。蓮見は笑った。

「ＦＢＩの研修に行くなんてのは、なかなかチャンスはない。ＦＢＩは狭《せま》き門だ。全員弁護士や会計士の資格を持っていて、それだけでも取得するのはたいへんなのに、ＦＢＩ捜査官は、その上に法律の執行の方法や、武器を使用する実戦的な訓練を受ける。望んでも行けるところではない。行けば、必ず、いろいろ勉強になる」

麻里は思案げに首を傾《かし》げた。

「そうかなあ。アメリカと日本は違うし、アメリカ式の捜査は日本ではなかなか通じないといわれているし」

猪狩はホッピーのグラスを上げながらいった。

「蓮見のいう通り、そういうグッドチャンスはなかなか巡って来ない。麻里のキャリアアップのためにもなる。行って来いよ」

「うん……。考えてみる」

麻里は目を細めてうなずいた。蓮見は猪狩に顔を向けた。

「ところで、猪狩、おまえは？」

「おれか？　おれは高望みはしない。地方署の地域課のお巡りさんが性《しょう》にあっている。田舎でのんびりと暮らしながら、地域の治安を守る。駐在さんもなかなかいいもんだぞ」

「ははは。おまえらしくて、それも悪くないな。定年まで、地方のお巡りさんでやるか」

「そういう蓮見、おまえは、どうなんだ？」

「おれの目標は、はっきりしている。県警捜査一課の刑事になることだ」

「蓮見さんは、以前からそういっているものね。初志貫徹《しょしかんてつ》ってことね」

「東大出の一課員なんて聞いたことがないぜ。一課の刑事は学歴なんか関係ない。叩き上げのデカばかりだからな」

「おれ、その叩き上げのデカになりたいんだ。学歴なんか、おれはいらん。そんなのが役に立たない世界に挑戦したいんだ」

「そうか。おまえのようなインテリに出来るかな」

「蓮見さん、やってみなさいよ。わたし応援するわ」

「おう、ありがとう」

「はい。お待ちどおさま」

ウエイトレスがハイボールやワインのお代わりを運んで来た。猪狩はグラスを上げた。

「よし、三人の前途《ぜんと》を祝して乾杯しよう」

「いいね。乾杯するか」

「いいわね。賛成。じゃあ、三人の将来に」

三人は、グラスの縁《ふち》をぶつけ合った。

4

新潟市からの帰りは最終列車になった。

猪狩は列車の窓からぼんやりと月明かりに照らされた夜景を眺めていた。町の明かりが通り過ぎると、夜の海原《うなばら》が見える。冬の新潟の海は荒々しい。夜目にも、白い三角波が無数に砕《くだ》け散るのが見える。

車両の中は、暖房が効《き》いているので、ぬくぬくと温かい。

猪狩は、遠い記憶を探っていた。

蓮見に問われて思い出した田所純也警部補のことだ。

誠人が、十歳の時だった。住んでいた新津《にいつ》市の公営住宅団地の小さな公園で、誠人たち四、五人は、隠れんぼをしていた。

夏の強い陽射《ひざ》しが、公園の樹木に降り注ぎ、地面に黒い模様を作っていた。蟬《せみ》が喧《かまびす》しく鳴いていた。

ちょうど亜美が鬼の番になって、みんなを探しはじめた。誠人は太い欅《けやき》の樹によじ登って、枝の一本に跨《また》がり、葉陰に隠れて見つからぬよう身をひそめていた。

一台の車が通り掛かり、公園の脇で止まった。車から大人《おとな》たちが降り立ち、公園に入って来た。

「………」

大人たちのうち、女が誰かを呼んだような気がした。

誠人は木の枝にしがみ付いたまま、葉陰から、大人たちを見下ろしていた。

大人たちは亜美に近寄ると、いきなり、亜美に黒い袋を頭から被《かぶ》せた。袋の中で亜美が籠もった悲鳴を上げた。

人攫《ひとさら》いだ。

誠人ははっとして、助けねばと思ったが、恐ろしくて声も出なかった。軀も動かない。

大人たちは暴《あば》れる亜美を担《かつ》いで連れ去り、車に押し込んだ。

亜美！　助けねば。

誠人は枝から地面に飛び降りようとした。だが、大人二人分の背丈の高さがある。飛び降りることは無理だ。

誠人は枝に跨がったまま、ずるずると後退し、幹にまで辿《たど》り着いた。すぐさま幹に抱きつき、そのままずり落ちるようにして木から下りた。

だが、その時には車は走り去っていた。

異変を感じた子どもたちが、ぞろぞろとあちらこちらの物陰から出て来た。

お巡りさんに報《しら》せろ。

誠人は派出所にいるお巡りさんを思い出した。とっさに誠人は駆け出した。ほかの子どもたちも誠人の後について走った。

大人たちは三人だった。男が二人、女が一人。三人は誠人には分からない言葉で話していた。その大人たちの顔は、いまでも誠人の脳裏に深く焼き付いている。

誠人は派出所に駆け込み、そこにいたお巡りさんに大声で訴えた。

派出所にいたお巡りさんは、泣きながら訴える誠人たちを優しくなだめ、事情を聞いた。

巡査はすぐに電話の送話器を取り上げ、警察署に通報し、亜美が乗せられた車を捕らえるよう緊急手配した。

だが、結局、亜美を攫った三人の大人たちの車は捕まらなかった。

誠人は泣きじゃくりながら、大人になったら、自分も警察官になり、いつか攫われた亜美を取り戻すと、子ども心に誓っていた。

いまから十五年前のことだ。

誠人は新潟県警の警察官になり、当時派出所にいた警官が田所純也巡査だったのを知った。田所は、その後、いつしか、県警本部捜査一課の強行犯係の主任になっていた。

あの大人たちは、何者だったのか？

思い出せば、大人たちが話していた言葉は朝鮮語だった。

きっと亜美は北朝鮮の工作員に攫われたのに違いない、といまは思っている。

なぜ、あの時、木の上で大声で助けを呼ばなかったのか？

それが悔いとなって、誠人の心のトラウマになっていた。

列車が糸魚川駅のホームに滑り込んだ。ホームの雪が風で舞い上がり、列車に吹き付ける。

猪狩はコートの襟を立て、列車の出口からホームに降り立った。駅には、深夜だったこともあり、数人の乗客しか改札口に向かわなかった。

猪狩は改札口をＩＣカードをかざして出た。

雪が風に乗って通りに吹き寄せていた。駅前に停まっていたタクシーの一台に乗り込んだ。

その時、ふと首筋に鋭い視線があたるのを感じた。タクシー乗り場には、五、六人しか客はいなかった。彼らからの視線ではない。

駅舎の明るい出入口には、何人かの人影があった。だが、みな、猪狩を見ている気配はなく、街に流れて行く。

猪狩は気のせいにして、タクシーの座席に身を沈めた。独身寮の名前を告げた。運転手は返事もせず、車を出した。

車窓から後ろを見たが、不審な人影はなかった。車は雪が吹き付ける中をゆっくりと走りだした。

5

一日の交番勤務を終え、署に上がった。

倉田班長が大林課長の机の前に立ち、第二班と交代したことを申告した。倉田班長の後ろに並んだ猪狩も、小沼巡査長、松本巡査と一緒に課長に敬礼した。

「ご苦労さん」

大林課長は答礼を終えると、満面に笑みを湛《たた》えて猪狩にいった。

「猪狩巡査、人事課から昇任試験の結果が来ている。合格だ。おめでとう」

「ありがとうございます」

猪狩は課長に頭を下げた。倉田班長が猪狩の肩をぽんと叩いた。

「猪狩巡査、いや巡査部長、階級が一つあがったからといって慢心するなよ。わしらからすれば、まだまだおまえは年季の少ない若造なんだからな」

「はい。分かっております。倉田警部補」

猪狩はうなずいた。

「調子が狂うな。おれたちを抜いて昇級するなんてな」

「やっぱり大卒さんは、おれたち高卒と頭が違うな」

小沼巡査長と松本巡査がぼやくようにいった。倉田が小沼と松本をどやしつけた。

「沼ちゃんも松ちゃんも、ちゃんと昇任試験の勉強をせんと、万年平巡査で終わってしまうぞ」

「へいへい。せいぜい、がんばりやす」

小沼は猪狩を見ながら頭を掻いた。

大林課長の声が後ろから猪狩の背にかかった。

「そうそう。猪狩、刑事課の島係長のところに行ってくれ。捜査一課の田所刑事が、おまえに会いたいといっていたそうだ」

「はい。行ってみます」

猪狩は一礼し、ロッカー室に入った。革のコートを脱ぎ、制帽を帽子掛けにかけた。腰の拳銃を保管庫に入れて仕舞うと、すぐに二階の刑事課へと急いだ。

刑事部屋の係長席には島係長の姿はなかった。応接セットに目をやると、島係長が私服の男と話し合っていた。男の横顔には見覚えがある。田所警部補だ。

「失礼します」

猪狩は応接セットの前に立った。

「おう。猪狩くん」

田所警部補は顔を綻《ほころ》ばせた。

「お久しぶりです」

「十五年ぶりかな。あの時の稚《いとけな》かった少年が、いまや立派な大人の警察官だものな。おれも歳を取ったものだ」

田所は頭を左右に振った。

「猪狩、そんなところに立っておらず、ここに座れ」

島係長は傍《かたわ》らのソファを目で指した。

「はい。ありがとうございます」

猪狩は田所の向かい側のソファに腰を下ろした。島係長が笑った。

「田所とおれは同期でな。おれとおまえの仲だ。事情は田所から聞いた。おまえ、子どものころ、目の前で女の子が誘拐されるのを見た目撃者だったんだってな」

「はい」

「その事件は、結局、どうなった？」

島係長は田所主任を見た。

「未解決だ。継続捜査にはなっているが、事実上、お宮入《みやい》りだな」

「北の工作員による拉致《らち》事案ではないのか？」

「うむ。目撃した猪狩の証言によると、拉致した三人組が朝鮮語を話していたというので、おそらく拉致事案だろうとなった」

田所は猪狩に目をやった。島係長も猪狩に顔を向けた。

「そして、今度の首吊り事案での意見具申《ぐしん》ということか」

「…………」猪狩は答えようがないので黙っていた。

「この際だから、猪狩にいっておく、一課に通報する前に、おれに一言いえ。おれや課長の頭越しに一課に告げ口されては、課長やおれの立場がないじゃないか」

「申し訳ありませんでした」

猪狩は謝った。

だが、最初に刑事課に自分の考えを上げた相手は係長の島警部補だった。その島係長が意見を無視したから、止《や》むを得《え》ず一課の田所警部補に通報したのだ。自分の都合のいいように事実を捩《ね》じ曲げる島係長に腹が立ったが、抗弁はしなかった。

田所が取り成した。

「島ちゃん、いいじゃないか。おまえたち年末警戒で、大忙しだったんだろう？　猪狩が、それを見て、たまたま知っているおれに情報を上げた。だから、おれが島ちゃんの面《めん》子《つ》を潰《つぶ》さないように動いたじゃないか。おれに免じて許してやってくれ」

「ははは。なんも怒ってはおらんよ。田所主任の依頼とあってはな」

島係長は強がっていった。

係長と主任とは役職として係長が上になるのだが、所轄署の係長と県警本部の主任は、共に警部補が就《つ》いている。

「ところで、猪狩、田所主任がおまえに話があるそうだ」

「うむ。きみからの通報を基《もと》に、現場周辺をうろついていた東京のナンバーのミニバンを捜査したところ、該当車なしだった」

「登録されていない、というのですか？」

「うむ。そうだ」

島係長が猪狩に訊いた。

「ナンバーの見間違いではないのだろうな？」

「いえ。見間違いではありません。スマホの録画があります。それを見て通報したのですから」

田所主任は考え込んだ。

「そうか。ならば偽造ナンバーだったのかも知れないな」

「盗難車ではないのですか？」

「盗難車リストも調べた。盗難車ではない」

「おかしいな。どういうことだ？」

島係長と田所主任は顔を見合わせた。猪狩が訊いた。

「Nに映像は記録されていませんでしたか？　東京のナンバーですから、きっと関越《かんえつ》や北陸《ほくりく》の自動車道を使い、糸魚川に来ていると思うのですが」

Nシステムは、自動車道や主要幹線道路に設置してある自動車ナンバー自動読み取り機である。表向き車のナンバーしか読み取らないとしてあるが、実はナンバーだけでなく運転者や助手席の搭乗者の顔も鮮明に撮影してあるので、容疑者や調査対象者の前足、後足を調べる上で非常に役に立っている。

「Nも調べたが、関越道も北陸道も、通った記録はなかった」

「自動車道を使わず、下の道を通って来たというのですかね」

「下りだけでなく、上りにも、Nの下を通った形跡はなかった」

「どういうことですかね？」

「地元のどこかで偽造ナンバーを装着したということだ」

「だれが、そんな面倒なことをしたのでしょう？」

「わからん。不審なミニバンがうろついていたことは確かだが、それが古三沢忠夫の死と、関係があるのかどうかは分からない」

田所は頭を左右に振った。

「台所に野菜や肉がたくさんありませんでしたか？」

「台所には野菜も肉も見当たらなかった。きれいに片付いていた」

「馬鹿な。前日に、彼はスーパーで、たくさんすき焼きの材料の葱や野菜、肉を買い込んでいたんですよ」

「誰かほかの人と、見間違ったのではないのか？　私も部屋に入り、台所の冷蔵庫を見たが、野菜や肉はもちろん、食材はほとんどなかった」

島係長が田所を弁護するようにいった。

猪狩は田所にきいた。

「スーパーのレシートはなかったですか？」

「なかったな。ごみ箱や買物バッグも調べたが、レシートは見当たらなかったな」

「誰か部屋に訪ねて来た跡はありましたか？」

「部屋の中を隈《くま》無く捜したが、それらしい痕跡はなかった」

田所は頭を横に振った。

「遺体は司法解剖したのでしょう？　何か不審なものは出たのですか？」

「胃の中から、睡眠薬が出た」

「大量に睡眠薬を飲んでいたのですか？」

「いや。大量ではない」

「誰かに睡眠薬を飲まされ、気を失っているところを吊されたということは？」

「その線も考えて調べたが、それを裏付ける跡はなかった」

「古三沢忠夫の身元は分かったのですか？」

「うむ。本籍神奈川県三浦《みうら》市。年令四十二歳。家族はいない。元漁船員だった。陸《おか》に上がってから、飲み屋の店員や呼び込み、保険調査員、日雇いなど定職につかず転々と職を換えた。死んだときは、建設作業員として新潟市内の工事現場に出入りしていた。職場では、目立たぬ存在で、仲間も友達もいない。工事現場の親方の話では、敵もいない、仲違《たが》いする相手もいないそうだ」

「歴や前は？」

「逮捕歴なし、前科なしだ」

「いったい、どんな男だったんですかね」

「親方の話では、一見、真面目《まじめ》そうなんだが、よく仕事をさぼるので、あてにならない男だという評価だった。何度も怒鳴《どな》り付けたらしい。やる気なしなら辞めてもいいんだぞってな」

「…………」

島係長が口を挟《はさ》んだ。

「ともあれ、遺書のメモがあったのだから、まあ、自殺だと断定していいのではないのか？」

「どんな遺書だったんです？」

田所が笑いながらいった。

「遺書といえるかな？　広告紙の裏にあった走り書きだ。誰かの詩の一節で、『さよならだけが人生よ』とボールペンで書いてあった」

「それだけですか？」

「それだけだ」

「だれという宛先もない？」

「ない」

井伏鱒二《いぶせますじ》か。井伏が于武陵《うぶりょう》の漢詩『勧酒』の一節をそう訳した。有名な訳詩だ。古三沢はどういう心境で、そんな訳詩を走り書きしたというのか。

「古三沢の筆跡なのですか？」

「それは不明だ。筆跡鑑定はしていないんでな」

「……ううむ」

猪狩はまだ納得できなかった。島係長が笑いながらいった。

「田所ちゃん、あまり難しく考えないことだよ。古三沢としては、『さよならだけが人生よ』と最期に残しておきたかったのではないのかい。人生に疲れたか、惚《ほ》れた女に振られてさ、思わず呟《つぶや》いた嘆《なげ》き節《ぶし》。それだって、短いが立派な遺書だと思うがね」

田所は猪狩に顔を向けた。

「ということで、猪狩、一課は何か新しい証拠でも出ない限り、この件は、自殺ということで一件落着させた。せっかく、きみが通報してくれたことなので、それを伝えておきたかった」

田所の目は、これ以上何も訊くなといっていた。猪狩はうなずいた。

「そうですか。分かりました。ありがとうございます。お疲れさまでした」

「以上だ。帰ってよし。これから我々は同期の仲の話がある」

島係長が田所主任と顔を見合わせ、にやっと笑った。どこかに飲みに行こうというのだろう。

猪狩は立ち上がり、二人に敬礼した。

第二章　刑事志願

1

「射撃用意！」

その声とともに、猪狩はリボルバーの銃把《じゅうは》を両手で持って構《かま》えた。両足を肩幅ほどに開き、腰をやや落とす。銃の反動を全身で受けとめ吸収する姿勢だ。

リボルバーM360　SAKURAは、日本警察がニューナンブM60の後継として採用したS＆W《スミスアンドウエッソン》社製の回転式拳銃である。通称チーフスペシャル・エアライト・スカンジウム。装弾数五発。

標的までの距離七ヤード（約六・四メートル）。FBIのコンバット訓練方式による至近距離射撃訓練だ。

「狙《ねら》え！」

ふんわりと銃把を握り、人形《ひとがた》標的の左肩付近に照準を合わせ、引き金に人差し指を這《は》わせる。呼吸を整える。

「てッ！」

教官の号令がかかった。

引き金にかけた指を柔らかく絞るように握る。発射音が轟《とどろ》き、銃身が反動で跳ね上がる。

隣のブースからも轟音《ごうおん》が鳴り響いた。

拳銃の反動を力で抑え込まず、手と腕を通して、柔らかく腰で撃つ。

二発、三発。一つ間を取り、四発、五発。

全弾を射《う》ち終わった。

「射ち方、止《や》め」

教官の命令があった。

銃口を上にし、素早く輪胴《シリンダー》を左に振り出し、空薬莢《からやつきよう》を排出し、射台の上に落とす。

「再装填！」

教官の命令が飛ぶ。振り出した輪胴に、素早くスピードローダーで弾丸を装填する。

標的の紙がするすると背後に下がった。

距離二十五ヤード（約二十二・八メートル）。

「狙え！」

距離がかなり遠くなるので、両脚を踏張《ふんば》り、慎重に人形標的の左肩付近に照準を合わせる。

静かに呼吸する。

「てッ」

引き金を引く。拳銃の弾丸を標的に向けて送り込む気持ちで撃つ。射つ度《たび》に輪胴が回転し、次弾が発射される。

全弾発射終了。

「射ち方、止め」

掛け声とともに、拳銃の銃口を上に向けて構えた。今度はリロードはしない。

教官が怒鳴った。

「いいか。絶対に銃を人に向けるな。銃を手にしている時は、常に銃口を上に向けろ」

「はいッ」

全員が威勢《いせい》よく返事をした。

「標的戻せ」

教官の声がかかった。右手で拳銃を構えたまま、左手の指で射台のパネルについたボタンを押した。

ワイヤーを巻き上げるモーター音が響く。

ワイヤーが引かれ、するすると標的の紙が射台に引き寄せられて来る。

自信があった。拳銃射撃では、いつも高い点を付けている。的を外すことはない。

猪狩の前に人形標的が停止した。

人形の左肩や左腕付近に弾痕《だんこん》が開いていた。

よし、と猪狩は思った。狙った通りだ。

指導の助教《じょきょう》がブースの一つ一つを覗き、標的の弾痕を確認していく。

「なんだ、この弾着は？」

後ろに立った助教は猪狩の標的を見て叫んだ。

十発の弾痕が人形の左肩や左腕付近に集中している。

「なぜ、標的のど真ん中を狙わないのだ？」

「はい。それでは、相手を殺すことになります。肩や腕なら、相手の抵抗力を奪い、制圧出来ます」

「わざと外したというのか？」

「はい」

「馬鹿野郎！　ふざけた真似をしやがって」

助教はいきなり、猪狩の頰《ほお》を平手打ちした。

猪狩は銃を掲《かか》げ持ったまま、よろけないように足を踏張った。

周りの訓練生たちが凍《こお》り付いた。一段高い所で見ていた指導教官も急ぎ足で駆け付けた。

「猪狩、おまえは実際に人間を撃ったことがあるのか？」

「いいえ。ありません」

「ないなら、ちゃんと的を狙って射て。射撃練習では的のどこを狙うか選べても、いざとなったら、そんなことはできないんだ」

「はいッ」

「相手は動かない標的ではない。銃や爆弾を持った凶悪犯なんだ。射つのに躊躇《ちゅうちょ》するな」

「はいッ」

猪狩は銃を掲げ持ったまま、直立不動《ちょくりつふどう》の姿勢を取っていた。

「拳銃を向けたら確実に相手を射つ。相手はおまえに容赦《ようしゃ》はしないぞ。少しの躊躇がおまえや相棒、人質の命を奪うものと思え」

「はいッ」

助教は真っ赤な顔で怒鳴り、猪狩を睨《にら》みつけていた。

「ほかの訓練生も、よく聞いておけ。拳銃を抜いたら、相手を射ち殺すつもりで撃て。それが嫌だったら、拳銃を抜くな」

「はいッ」

機動隊員たちは一斉に答えた。

「近藤《こんどう》助教、そのくらいにしておけ」

指導教官が傍《かたわ》らに立った。近藤は赤い顔でいった。

「はあ。しかし、こいつ、こんな甘い考えをしていたら、いつか現場で死にますよ。こいつが死ぬのは構わないが、一緒にいる相棒や人質を死なせるわけにはいかない」

「そうだな。近藤助教のいう通りだ」

指導教官は声を張り上げた。

「いいか。拳銃はモデルガンではない。人を殺傷する凶器なんだ。そのことを、みんなよく認識し、射撃の訓練をしておけ」

「はいッ」

機動隊員たちは一斉に返事をした。

指導教官は仁王立《におうだ》ちして叫んだ。

「連帯責任を取らせる。第一小隊は全員、乱闘服に着替え、完全装備で表に集合しろ。罰《ばつ》としてグラウンド三十周だ」

「はいッ」

隊員たちは、一斉に返事をしながら、互いにやれやれと顔を見合わせた。

おれのせいで連帯責任？

猪狩は、みんなに済まないと頭を下げた。

近藤助教が声を張り上げた。

「訓練生は、ただちに自分の拳銃を保管庫係に渡せ」

隊員たちは慌ただしく、射撃練習場の出入口の保管庫係に駆け寄った。つぎつぎに拳銃を預けて行く。

「急げ。乱闘服に着替えろ」

助教や指導教官たちの怒声《どせい》が飛び、機動隊員たちは駆け足で射撃訓練所から出て、更衣室に走り込んだ。

猪狩はロッカーから乱闘服を取り出し、急いで着替えた。みんなに済まないと思ったが、こうなったら仕方がない、着替えおわると、すぐに装備庫へと駆け出した。

2

グラウンドの桜は満開になっていた。青空が広がり、暖かい陽射《ひざ》しが降《ふ》り注《そそ》ぎ、陽炎《かげろう》を立てている。

近藤助教と第一小隊長の川上《かわかみ》警部補の二人が、険《けわ》しい顔付きでグラウンドに立っていた。

隊員たちは、全員紺色の乱闘服に着替え、盾《たて》を携行し、小隊長の前に整列した。

機動隊員たちは二列横隊で並んだ。

「第一分隊、番号!」

第一分隊長の猪狩は大声で命《めい》じた。番号を叫ぶ隊員たちの声が響く。

第二、第三分隊長も番号をかける。

番号が終わると、各分隊長が小隊長に報告する。

三個分隊計三十人、欠員なし。

川上小隊長が大声で命令した。

「全員盾を携行。隊列を組み、グラウンドを回る。よし。かかれ」

分隊長の猪狩は、靴《くつ》を踏み鳴らし、歩調を取った。機動隊員たちは、五列縦隊《じゆうたい》で隊伍《たいご》を組み、靴音も高く駆けはじめた。

川上小隊長と近藤助教が並走する。

ポリカーボネート製のシールド（防護盾）は、鉄製の盾と比べれば軽いとはいえ、二十キログラムはある。

乱闘服の胸や腹、背や股間などにはステンレス板のプロテクターが装着されている。ヘルメットも鉄兜《かぶと》ほどの重さはないがかなり重い。

さらに腕に硬い革《かわ》製の肘《ひじ》当てと籠手《こて》。膝《ひざ》当てと脛《すね》当てを装着し、足には安全靴。

完全装備となると、個人の装備全部を合わせれば二十キログラム以上になる。その上に、防護盾を携行するのだから、合わせておよそ四十キロの物を身に付けて走ることになる。

一周する間もなく、額《ひたい》や首筋や背から汗が吹き出した。足並みを揃《そろ》えるために、踏み鳴らす靴音が響く。

「隊歌、歌え」

川上小隊長が走りながら怒鳴る。

猪狩たちは大声を張り上げ、隊歌をがなり立てた。

グラウンドは一周四百メートル。三十周は十二キロメートル。完全装備で走るのは、かなりの重労働だ。

猪狩が巡査部長に昇任と同時に配属された先は機動隊だった。機動隊勤務は、二、三年間。人によっては五、六年も在籍する。

厳しい機動隊生活で、銃や警棒の扱いに習熟し、柔道や剣道、逮捕術の修練を積む。

集団での警備行動や災害救助の訓練を繰り返す。その一方、個々人が意識的に軀《からだ》を鍛《きた》え、走る力やどんな状況にも対応できる体力を培《つちか》う。

また、集団生活により、同じ釜《かま》の飯を食うことで、仲間意識を持ち、警察官である意識を高める。

機動隊生活は、交番勤務や刑事のような犯罪捜査がないため、訓練がない時には、個人の時間が持てる。そのため昇任試験の勉強時間もあった。

小隊長と近藤助教は走りながら隊伍を見て回り、少しでも落伍《らくご》しそうな隊員がいると、ヘルメットを指揮棒で叩いて励ます。一緒に走る隊員が足が遅くなる隊員の盾を持ったりして激励する。

猪狩は駆けながら、いつの間にか走るのを止めた近藤助教が、見覚えのある男と煙草《たばこ》を燻《くゆ》らせ、立ち話をしているのに気付いた。

猪狩は隊歌をがなりながら、頭を巡らした。

どこで見かけたろうか？

近藤助教と話す男は猪狩が近くを走る前に踵《きびす》を返し、管理棟へと向かって歩き去った。

その後ろ姿を見て、ふと思い出した。

警察庁の警備局課長補佐の真崎警視と一緒にいた刑事だった。名前は聞いていないが、確かに真崎警視の部下だった。

近藤助教は駆け足で戻り、隊列の最後尾について走りだした。

川上小隊長が大声で叫んだ。

「気合い入れろ。ラスト一周だ」

「おうッ」

隊員たちが声を振り絞って返事をする。

ようやく三十周を走り終え、猪狩たちは再度整列した。全員、汗だくで、肩で息をしていた。

「解散！」

小隊長が命を下した。

隊員たちは盾を装備庫に戻し、一斉にロッカー室に駆け込んだ。

猪狩もほかの隊員たちと一緒にロッカー室に戻って乱闘服を脱いだ。汗まみれになった下着も脱ぎ捨て、裸になると隣接するシャワー室に走り込んだ。

冷たいシャワーを頭から浴び、石けんを全身になすり付けて汗を流す。

右隣でシャワーを浴びている上村《うえむら》巡査長が頭を洗いながら大声でいった。

「猪狩さんよう、あんまり指導教官や助教を刺激せんでくれんかねえ。その度におれたちゃ連帯責任でグラウンド回りをやらされてはたまんねえんでね」

上村巡査長は機動隊歴五年の猛者《もさ》だった。階級こそ巡査長で巡査部長の猪狩よりも下位になるが、機動隊生活の年季が違った。機動隊では階級以上に、何年機動隊員なのかが幅を効かせた。

しかも、上村は柔道剣道の有段者で、武道の達人だった。そのため、過激派学生や暴力団員を制圧する際には、頼りがいのある機動隊員だった。

「うむ、分かった。今回はおれがまずかった。みんなに迷惑をかけた。謝る」

猪狩は大声で答えた。シャワー室にいる隊員たちに聞こえるように謝罪した。

左隣の辻《つじ》巡査が笑った。

「分隊長、気にしない気にしない。上は何かにつけ難癖《なんくせ》をつけて、グラウンドを走らせようというんだから」

「そうだよ、分隊長。そんなこと、いちいち気にしていたらやってられないぜ」

ほかの隊員たちが慰める声が聞こえた。

「ありがとう」

猪狩はシャワーをほかの隊員に譲《ゆず》り、バスタオルで濡れた軀を拭《ぬぐ》いながら、更衣室に戻った。下着を履き、作業服を着込んだ。

「お疲れさん」

松下《まつした》巡査部長がロッカー室の長椅子に腰掛け、にやけた顔で煙草を喫《す》っていた。松下は第二小隊の分隊長だ。

「おいおい、今日は、第一小隊がやけに助教から絞られているねえ」

「……おれの失敗のせいだ。仕方がない」

猪狩も長椅子の端に腰を下ろした。松下がメヴィウスの箱を猪狩に放った。猪狩はメヴィウスを受け取り、箱から一本を抜いて口に咥《くわ》えた。松下は百円ライターの火を点《つ》けて差し出す。

猪狩はライターの炎に煙草の先をかざし、煙を吹き上げた。

松下がにやつきながら、訊《き》いた。

「ところで、噂《うわさ》を聞いたか？　近々、東京に警備支援のため派遣出動されるらしい」

「いったい、何の警備だ？」

「東京に外国から偉《えら》いさんが何人もやってくるらしい。その警備だそうだ」

「警視庁の機動隊だけでは足りないというのかい？」

「警視庁の機動隊は、このところ大忙しで、休む暇もないらしい。その支援要員として、うちらも派遣されるらしい」

「それで、このところ連日、集団行動の訓練が続いているってわけか」

猪狩は初めて納得した。

警備出動は猪狩たちにとって初めてのことだった。かつて、七十年代初めの過激派の活動が激しかった時代に、新潟県警から派遣出動した県警機動隊が渋谷《しぶや》で暴徒対処しようとしていたところ、過激派学生から火炎瓶《びん》による攻撃を受け、機動隊員一人が殉職《じゅんしょく》、多数が重軽傷を負ったことがあった。

県警機動隊が渋谷の町に不慣れな上に、暴徒制圧の訓練を事前に十分に行なっていなかったことが要因だった。

それ以来、県警本部は機動隊の訓練を警視庁機動隊に倣《なら》って、組織行動の訓練を徹底するようになった。

昼食を告げるベルが鳴り響いた。

シャワー室から隊員たちが慌てて飛び出してくる。ロッカー室は急いで着替える隊員たちで騒然《そうぜん》となった。

「おれたちも、そろそろ行くか」

松下が猪狩を促《うなが》した。猪狩は煙草の吸い差しを灰皿に押しつけて潰《つぶ》した。

3

講堂では、乱闘服を着た隊員たちが、二手に分かれ、警棒で互いを打ち合っている。ヘルメットや軀を打つ音、喧嘩腰《けんかごし》の怒声や罵声《ばせい》、喚《わめ》き声が講堂内にわんわんと反響していた。

第一小隊三十人と第二小隊三十人が互いに向き合い、分隊ごとに相手と打ち合っている。

猪狩は先頭を切って相手の松下分隊長に警棒を振るい、滅多《めった》打ちした。松下は防戦一方となり、じりじりと後退した。

猪狩の分隊は、猪狩を先頭にした楔《くさび》隊形を取って、敵の分隊の真ん中に打ちかかった。

敵の分隊は猪狩の分隊の攻勢の勢いに押されて、ついに半数ずつに二分された。

分隊長の松下が隊員たちに連携して踏み止《とど》まれと叱咤激励《しったげきれい》するが、二分された分隊は一つにまとまれずに後退する。そのうち、一人が転んで倒れた。松下分隊長が倒れた隊員に駆け寄り、周りを固めろと命じた。

猪狩は手で部下の分隊員たちに攻撃を止めろと合図した。分隊員たちは命令に従い、それ以上の攻撃はしなかった。

「止めえ」

「状況終わり」

ぴりぴりと呼び子が鳴り、指導教官や助教たちが隊員たちの警棒での打ち合いを止めに入った。

それでもほかの分隊では、一部の隊員が興奮し過ぎ、終了の命令も耳に入らず、警棒で相手に打ちかかっている。

「終了だ。止めんか」

助教が長い指揮棒で殴打《おうだ》を止めない隊員のヘルメットを叩いた。

警棒には袋竹刀《ふくろしない》のように綿《わた》を詰めた布袋を被せてあるが、それでもこれで殴《なぐ》られれば、いくら防具を着けてあっても、かなり痛い。機動隊員は暴徒ややくざとの格闘、喧嘩で渡り合っても臆《おく》せず応戦できるように、日頃から心身ともに鍛えておかねばならない。

そのため、面や籠手《こて》、胴など防具を着けての模擬《もぎ》格闘である。

この時ばかりは階級の上下や年季の長短など考えず、目の前の相手と警棒で殴り合う。互いに防具を着けているので、親しい間柄だろうが、先輩だろうが、遠慮なく打ち合うのだ。

はじめは、恨《うら》みや怒りがあるわけではない相手と殴り合うのは気が進まなかったが、毎回、誰彼となく殴り合い、打ち合ううちに、殴られた痛みの恨みもあって、つい相手に反撃し、いつしか、本気になって殴りかかっていた。

模擬格闘だと分かっているはずなのに本気になって打ち合ううちに、ついに我を忘れて取っ組み合いの喧嘩をする者もいた。

本日の第一分隊の仮想敵は、松下巡査部長率《ひき》いる第一分隊だった。

これまで松下分隊とは三度対戦し、三度とも優勢負けしていた。今日こそは、という思いが猪狩分隊にはあった。

向かい側にさっきまで殴り合った松下が立っていた。面の中の顔は憤怒《ふんぬ》に燃え、目を血走らせている。松下分隊の一人が倒れていた。

救急隊員が救急箱を持って駆け付けた。蹲《うずくま》った隊員は脳震盪《のうしんとう》を起こした様子だった。

猪狩は部下の分隊員たちを見回した。こちらの隊員は全員無事、異常なしだ。

本来、模擬戦なので勝ち負けはないのだが、戦った者同士では、優劣が明らかになる。一人でも部下の隊員が怪我《けが》をしたり、倒れたりすれば、分隊の隊員たちは敗北感を抱く。闘争心に火をつける。それは致し方ない。猪狩の分隊も、以前、何度も苦杯《くはい》を舐《な》めた。

次回には、どう戦うかをみんなで話し合い、模擬格闘戦に臨む。その成果が出たのかどうかが、その都度《つど》わかる。

猪狩は指導教官たちに目をやった。指導教官や助教たちが集まり、分隊行動の評価を話し合っている。

分隊として、いかに相手と渡り合ったのかを審査するのだ。

いつも分隊としてまとまって行動するのが基本だった。とりわけ、模擬近接格闘戦においては、一人でも脱落者を出すわけにはいかない。敵中に一人でも取り残されると、渋谷であったように暴徒たちに殺されることもある。そんなことは二度と繰り返してはならない。

分隊長は敵と打ち合っている最中にも、冷静に仮想敵の動きを見極め、我の部隊の弱い環の分隊員をカバーしなければならない。

「本日の模擬格闘戦は終了する。全員、分隊ごとに整列」

指導教官が壇上から命令した。

機動隊員たちは、がやがや騒ぎながら、面を脱ぎ、分隊ごとに集まって整列をはじめた。

猪狩も第一小隊の隊旗の前に進み出て、第一分隊の整列を促した。

講堂に、第一、第二、第三、第四の四個小隊総勢百二十人が整列した。

「講評。本日の分隊格闘訓練は概《おおむ》ねよろしい。みな気合いが入っていて、真剣に打ち合っていたと評価する。いずれの分隊も、よく戦った。優劣はなしとする」

隊員たちはどよめいた。不満を洩《も》らす声もあった。

「本日戦った相手は、同じ機動隊の仲間だ。遺恨《いこん》はいっさい持たないように。格闘戦が終われればノーサイドだ。以上だ。これにて解散」

「指導教官に、敬礼！」

助教が大声で命じた。機動隊員たちは、一斉に直立不動の姿勢になり、壇上の指導教官に顔を向けた。

猪狩をはじめとする各分隊長たちが挙手《きょしゅ》の敬礼をした。

「分隊ごと解散」

近藤助教の命令が響いた。

猪狩の第一分隊も、その場で警棒を集め、ロッカー室に引き揚げはじめた。

猪狩はふと鋭《するど》い視線を感じ、その方角に目をやった。

指導教官や近藤助教と見知らぬ顔の私服が何事かを話し合っているのが見えた。猪狩が顔を向けるのと同時に、私服の男はさりげなく目を逸《そ》らした。

近藤助教と私服の男は話しながら猪狩に背を向け、教官室の方に引き揚げて行った。

4

数日後。

猪狩は、川上小隊長から突然、午後の訓練が始まる前に機動隊長室に出頭するように命じられた。

猪狩が機動隊長室に出頭すると、女性秘書官がすぐに取り次いでくれた。

「第一機動隊第一小隊第一分隊長猪狩誠人巡査部長、出頭いたしました」

猪狩は入室すると、大机に座った機動隊長の兵頭《ひょうどう》警視に直立不動の姿勢で挙手の敬礼をし、大声で申告した。

兵頭警視は書類から目を上げ、鋭い目付きでじろりと猪狩を見つめていった。

「うむ。しばらく待て」

「はい」

猪狩は気を付けをしたまま、身じろぎもせずに待った。

隊長室の南側の窓から機動隊員たちが盾を使って訓練する様子が見下ろせた。分厚い窓ガラス越しに、隊員たちの上げる喚声《かんせい》がかすかに聞こえる。

「猪狩巡査部長、きみの志望は刑事部の刑事になることだったな」

機動隊長の兵頭警視は、人事考査資料に目を落としながらいった。

「はい。そうであります」

猪狩は直立不動の姿勢で答えた。

「先日、上から急な要請があった。県警刑事部の捜査一課に欠員が生じたそうだ。機動隊から、至急に刑事志望の優秀な警察官を推薦してくれないか、という要請だった」

県警本部捜査一課といえば、警察官なら誰でも憧《あこが》れる部署だ。

猪狩は胸が高鳴った。だが、堪《こら》えて平静を装《よそお》い、隊長の背後の壁に架《か》かった額の中の揮《き》毫《ごう》を睨んでいた。

常在戦場《じょうざいせんじょう》。滅私奉公《めっしぼうこう》。勇猛果敢《ゆうもうかかん》。

兵頭警視の座右《ざゆう》の銘《めい》だ。

「機動隊としては、痛し痒《かゆ》しだ。優秀な人材を抜かれるのは困る。かといって出来の悪いやつを一課に送り出すわけにもいかん。送り出したはいいものの、こんなやつしかおらぬのか、となっては機動隊の沽券《こけん》にかかわるからな」

兵頭警視は人事考査の書類を束ね、机の上でとんとんと叩いて揃えた。

「そこで、指導教官、助教たちの意見を集めたところ、何人か候補が上がった中で、きみを推《お》す声が最も多かった」

「…………」猪狩は直立不動のまま身じろぎもせずにいた。

話は最後まで聞かないと、糠《ぬか》喜びになることも多い。ことに人事については、天の声一つで一変する。

「先日、本部の参事官がわざわざ乗り込んで来て、候補にあがった隊員たちを下見して回った」

猪狩は、そうか、と思った。指導教官や近藤助教と話し合っていた見覚えのない私服の男は本部の参事官だったのか。

「参事官はなぜか、きみを名指しして一課に吸い上げ出来ないか、といって来た」

吸い上げとは一本釣りの人事異動のことである。

兵頭警視はじろりと猪狩を鋭い目で見上げた。

「一応、参事官の要請は尊重するものの、やはり、我が機動隊の方の意向もある。指導教官や助教たちの意見も聞いた上で回答すると、参事官には申し上げた。そこで、わし自身がきみに直接面談して決めることにした」

「はい」

「これから、きみにいくつか質問する。いいな」

「はい」

「そう硬くなるな。休めの姿勢を取れ」

「はい」

猪狩は気を付けの姿勢を解き、手を背後に回して休めの姿勢を取った。

兵頭警視は書類の一番上に載っていた成績評価にちらりと目をやった。

「きみは、これまで刑事講習を四回受けているな。地取り、鑑《かん》取り、職質、現場検証、鑑識などの技能実習すべてA評価。捜査専科講習での尾行、行確《こうかく》（行動確認）、見当たり、引き当たり捜査などの実習もオールA評価か。凄《すご》いじゃないか」

「………」猪狩はこそばゆかった。

「武道実技は、柔道初段、剣道二段か。まあまあだな。逮捕術はA評価。特技として合気道をやるというのか」

「はい」

「段位は三段とあるな。同じ三段の柔道をやる者とやったら、どちらが強い？」

「合気道は他武術との試合はしません。ですから比較は出来ません。しかし、合気道の投げ技、固め技は、十二分に逮捕術に活かすことが出来ます」

「なるほど。それで逮捕術の実技が、Ａ評価なのか」

「はい」猪狩はうなずいた。

「これまでに犯人の逮捕実績四件とあるが、これは、どこでのことだ？」

「一件は新潟市内交番実習の際に、ひったくりを追い掛けて現行犯逮捕しました。二件は卒配《そつはい》で配属された糸魚川署地域課の交番勤務中に万引き事件と自転車盗難事件の犯人を現行犯逮捕しました。それから、新潟市内の盛り場で暴行事件を起こしたマル暴（暴力団員）を現行犯逮捕しました」

「ほほう。やるねえ」

兵頭警視は笑いながら、立っている猪狩をちらりと見上げた。

「ほかに交番勤務している間に職質検挙を五回もやったとあるな。大したものだ」

「運がよかったからです。相手は運が悪かったと思いますが」

職質検挙は、職務質問をしているうちに相手の犯罪行為を認定し、その場で検挙するというもので、各種検挙のうちの最高位となる検挙技術だった。

「ふむ。語学もできるとあるな。それも中国語と朝鮮語か。喋《しゃべ》れるのか？」

「一応、できます」

「読み書きもできるのか？」

「はい。大学に東アジア文化語学プログラムがありまして、それを受講しましたので」

「きみは新潟大学を優秀な成績で卒業した後、いったん、東京の大手商社に入った。だが、一年も経《た》たぬうちに自主退社し、郷里に帰った。そして、県警を受験し、警察官に奉《ほう》職《しょく》した。これは、なぜかね？」

「なぜ、商社を辞めたのかという理由ですか？」

「そうだ。身上書《しんじょうしょ》には自主退社となっているが、何かまずいことがあったからかね。正直に答え給え」

「自分が商社で担当させられたのは、対中貿易だったのですが、しばらく働くうちに、これは自分に向いた仕事ではない、と分かったのです」

「ほう。何が向いていると思ったのかね」

兵頭警視は机の上で両手を組み、穏やかな笑みを浮かべた。

「子どものころから憧れていた仕事があったのです。商社の仕事も決して面白くないことはないのですが、自分としてやりがいのある仕事かというとそうではない、と思ったのです」

「子どものころから憧れていた仕事というのは？」

「お巡りさんでした」

「しかし、一流商社員ならば地方公務員の警察官とは比較にならないほどの高給取りだろう？　いくら子どものころからの憧れだったとはいえ、商社を辞めるというのは、普通考えられないことだと思うが」

「たしかに警察官は仕事の割には、給料が安いと思います。だが、金儲《もう》けのための仕事は、自分にとって達成感がまるでありません。生きている以上、人の役に立つ仕事がしたい。その点、警察官は、社会を守る、治安を守るという社会に貢献出来る有意義な仕事だと思います」

「ははは。模範《もはん》生の答えだな。社会に貢献できる仕事は、警察官以外にもある。消防士になるのもいいし、市役所の職員、看護師、自衛官、海上保安官だってある。もし、望むなら、国家公務員の道もあるよ。なんで、わざわざ安月給のお巡りさんなんかになりたい、と思うのかね。若いのに。若者は大志《たいし》を抱けだぞ」

「はい。しかし、自分は警察官になりたかったのです。ほかの職業には関心がありません」

　兵頭警視は笑った。

「もっと何か警察官になりたい動機はなかったのかね？　たとえば、犯罪を取り締まるのが好きだとか、女の子にもてそうだとか、制服が格好いいとか。わしなんか、アクション映画の『ダーティハリー』を見て、よし、おれも刑事になってバンバンと拳銃を撃ってみたいと思い、警察官を志願した口だがね」

「理由が一つあります」

「そうだろう。どんな理由かね」

「子どものころ、幼なじみが目の前で人攫《ひとさら》いに拉致されるのを見ました。しかし、子どもの自分には、人攫いを捕まえたり、追い払う力がなかった。警察に報《しら》せることも出来なかった。それが悔やまれてならないのです」

「それで？」

「自分が警察官になり、地域の子どもや人々を守りたい。二度と、そんな子どもの拉致事件を起こさせたくない。それが動機といえば、動機です」

「ほう。そんなことがあったのかね。いつの話だね」

　猪狩は事件の発生年月や捜査の経緯を語って聞かせた。その事件を目撃したことのトラウマから逃れることが出来ず、結局、会社を辞め、親の反対を押し切って新潟県警の警察官への道に進むことにした。

猪狩は、地域の安全が守られていれば、あのような誘拐拉致事件は防げたはずだ、という思いから、自ら進んで地域を守る交番勤務を志望したことも告げた。

「しかし、きみが刑事になりたい、と思った訳は何かね」

「現場の警察官は司法警察職員で、上司からの命令や許可がないと、捜査も出来ないと分かったからです。しかし、正規の刑事になれば司法警察員として、逮捕状請求権や取り調べ権などが与えられ、それこそ自由に犯罪捜査に飛び回れる。真犯人を追い詰めて逮捕することが出来る。そう思ったからです」

「そうか、真犯人を捕まえたいか」

「犯人逮捕こそが、犯罪を防止し、ひいては国民を守るための最良の策だと考えます」

「うむ」

兵頭警視は何もいわず、書類に鉛筆を走らせた。

「身長一七六センチ、体重七〇キロ。健康状態良好。体力に自信はあるか？」

「あります」

「刑事は体力勝負だからな。徹夜を何日やってもへこたれない根性も必要になる」

「はい」

「おおむね、きみのことが分かった。いいだろう、わしもきみならば太鼓判《たいこばん》を押して、一課に送り出すことが出来る。人事課には、そう報告しておこう。いいな」

「ありがとうございます」

「追って警務課から正式にきみに異動の通知がなされると思う。機動隊から、きみのような優秀な人材が一本釣りされるのは打撃だが、県警刑事部のためだ。止むを得ない。きみも捜査一課に移ったら、機動隊の名誉と威信《いしん》を汚さぬように、より一層がんばってほしい」

「はい。がんばります」

猪狩は兵頭警視に敬礼した。

5

新潟県警機動隊が派遣された先は、羽田《はねだ》空港の周辺や沿道警備だった。海外の要人たちを乗せた政府専用機が羽田空港に降り立つ前から、空港周辺や都心の高速道路や沿道の警備にあたるのが任務だ。

今回は東南アジア主要国のインドネシア、タイ、シンガポール、マレーシア、ベトナム、フィリピン、ブルネイの七ヵ国と、中国、韓国、オーストラリア、ニュージーランド、アメリカ、日本の六ヵ国が参加する環太平洋経済会議であった。

各国の要人たちの送迎の護衛や宿泊するホテル、各国大使館、会議場などの警備は、警視庁の機動隊が担《にな》うことになっている。

土地鑑のない新潟県警機動隊としては、羽田空港周辺警備や沿道警備は比較的に楽な仕事ではあったが、世界の各地でテロが多発している昨今《さっこん》、どこで何が起こるか分からないので、少しも気が抜けない。

警視庁警備部や公安部からの情報では、環太平洋経済会議に反対する過激派の動きが逐一《ちくいち》入って来るが、いまのところ新潟県警機動隊が担当する空港周辺や要人たちの通る道路の沿道でのデモや過激な行動の兆《きざ》しはない。

猪狩は警杖《けいじょう》をついて立哨《りっしょう》し、到着ターミナルビルの前の車や人の動きに目を光らせていた。

羽田空港ターミナルビルの到着ロビーや出入口は、警視庁の機動隊が警備している。新潟県警機動隊は、ターミナルビルの外の道路や駐車場、さらに各国代表団の車列が首都高に出るまでの沿道警備を担当している。

いましも到着ターミナルから出て来たオーストラリア代表団が出入口前に並んだ車の列に乗り込んだ。すぐに車列がゆっくりと出発した。建物の前を通過し、首都高入り口へと走り抜けて行く。

「……点通過。異状なし」

耳にはめた受令機に、通りの先にある監視ポイントから連絡が入る。

車列を先導する警視庁のパトカーが赤灯を回転させて走る。ついでオーストラリア国旗を立てた黒色のベンツが三台続く。車列の最後尾に赤灯を回した覆面パトカーが二台続く。オーストラリア代表団の車列はあっという間に首都高へ流れて消えた。

猪狩は、走り去る車列の尾灯を見ながら、ひとまず、ほっと安堵《あんど》の吐息《といき》をついた。

これまで七ヵ国の代表団が到着した。

この後、最大の警備対象である中国代表団が到着する。

公安情報では、中国代表団に危害を加えようとする右翼や中国の反体制分子が襲撃する恐れがあるということだった。

南シナ海の領有権をめぐって、日米と中国は激しく対立している。そんな折、沿道から卵一つでも中国代表団に投げ付けられれば、外交問題になりかねない。まして、沿道で爆弾でも爆発するような不測《ふそく》の事態が起こったら、戦争にもなりかねない。

そのため空港内をはじめ、空港外でも警察は厳戒態勢に入っていた。とりわけ羽田空港の地にまったく慣れていない猪狩たち新潟県警機動隊は、車の行き来、人の動きに一瞬たりとも気が抜けない緊張状態に置かれていた。

しかし、羽田空港は通常通りの運行をしている。各国の代表団が出て行くと、すぐに規制が解除され、大勢の一般旅行客たちが大きなスーツケースを転がしながら、リムジンバスやタクシー、迎えの自家用車に乗り込み、道路を通って行く。

タクシー乗り場に車が停まる度に、海外から帰国した人や海外からの旅行客たちが大きなスーツケースを、車のトランクに積み込み、車に乗り込んで出て行く。

インカムのイヤフォンに本部オペレーターの声が聞こえた。

『本部から全局へ。まもなく中国機着陸。現在1455時。マル中（中国代表団）出発予定時刻1505時。最大警戒態勢に入れ』

「Dポイント、了解」

猪狩は肩に付けた無線マイクを摑《つか》み、応答した。ほかのポイントからもつぎつぎに応答する声がイヤフォンに聞こえてくる。

猪狩は、タクシー乗り場の旅行客たちに目をやった。

いまのところ、不審な人物、不審車両なし。

「分隊長」

傍らから分隊員の辻巡査が声をかけた。

「なんだ？」

「分隊長は捜査一課から呼ばれたんですってね。おめでとうございます」

辻巡査は盾に腕を載せ、猪狩を見た。

「まだ正式に決まったわけではない。誰からそんな話を聞いた？」

「もっぱらの噂ですよ。人事のことは自然に流れてくるもんです」

辻巡査はにやっと笑った。古参の機動隊員のなかには、妙に県警本部内の人事に詳しい者がいるとは聞いていたが、まさか、自分のことが噂されているとは思わなかった。

「なんでも、機動隊員が捜査一課から引き抜きされるなんて滅多にないことなんだそうです。だいたいは所轄《しょかつ》署の刑事を何年かやっているうちに、何かの事件で一課の覚えがいい者が上から呼ばれる。そうでなくて、機動隊にいる時に呼ばれるなんて、上によほどいいコネがあるからだろうって」

「コネなんかないさ」

そうはいったが、猪狩はふと捜査一課主任の田所純也警部補を思い浮かべた。一課の知り合いといえば、田所主任しかいない。

辻巡査は笑いながらいった。

「じゃあ、よほど昇任試験の成績がよかったんですね。それで目をつけられた」

「どうかな。おれよりも、もっと成績が上の者が何人もいる」

猪狩は蓮見健司や山本麻里の顔を思い浮かべた。

「ですが、県警本部のお偉いさんが直々《じきじき》に乗り込んで来たそうですよ。それで、猪狩さんのことを調べていったそうです」

「…………」猪狩は黙っていた。

「そんなことも、これまでなかったことだそうですよ」

猪狩は、辻巡査の話を聞き流しながら、ふと通りかかった車が気になった。

到着ターミナルビルの前は三本の車線が並んでいる。一番手前の車線が、タクシーやリムジンバス専用のレーン。その隣が、追い抜き車線。一番奥のレーンが隣接する駐車場へ入る車線だ。

到着ロビーの出口の前の舗道には、到着したばかりの旅行客たちが集まり、停車しているタクシーやリムジンバスにつぎつぎに乗り込んで行く。

いましも三車線の真ん中の車線を、一台の白塗りのミニバンが、ゆっくりした速度で走っていく。

ミニバンは、何台ものタクシーやリムジンバスの脇を走り抜けた。ミニバンの白いボディには黒い太文字で山脇《やまわき》製菓というロゴが描かれている。ミニバンの運転席と助手席には、二つの黒い人影が見えた。

ミニバンは一番奥の駐車場へのレーンに車線変更し、駐車場へと入って行った。

妙だな、と猪狩はミニバンを睨んだ。

昨日、猪狩たちが要人警護手順の予行演習をしている時に、空港ターミナルビルの前に走って来て、駐車場に入った同じ車だった。ナンバーも横浜《よこはま》ぬ８９……。記憶していたナンバーだ。間違いない。ミニバンは駐車場でも金網フェンスに近いスペースに入って駐車した。昨日とほぼ同じ位置だ。あの位置に停まれば、ターミナルビルの出入口を望むことが出来る。

猪狩は気になった。猪狩たちは、指定された警戒ポイントに立哨しており、定位置から離れることは出来ない。

胸騒ぎがした。どう見ても怪《あや》しい。パンや製菓を運搬する営業車なのに、なぜ、店のない駐車場に車を停めるのか？

もし、テロリストの狙撃手《スナイパー》が乗っていたら、あるいは、車に爆弾を搭載していて、どこかの国の代表団に突入させるということもありうる。そう考えると居ても立ってもいられなくなった。

　遠目だが、観察していると駐車したミニバンからは人が下りる気配がない。

　辻巡査が猪狩の様子に気付いた。

「分隊長、どうしたのですか？」

「うむ。あの車、職質《バンカケ》しよう」

　猪狩は駐車場のミニバンを指差し、肩章に掛けたインカムのマイクを外して呼び掛けた。

「Dポイントから、至急警備本部」

『こちら警備本部。どうぞ』

「不審車両を発見」

『状況報告せよ』

「該《がい》車両は横浜ナンバーの白のミニバン……」

　猪狩は駐車場に停まっているミニバンに目をやりながら報告した。

「バンカケを許可されたい」

『ちょっと待て』

　応答がいったん途切れた。誰かと相談している様子だった。

「辻、バスの隊員たちに緊急集合をかけろ」

「了解」

辻巡査はインカムのマイクに緊急招集を告げた。

高速道路に向かう車線に機動隊の装甲バスが駐車している。バスには待機組の隊員たちが休憩している。

『本部からDポイント。バンカケは不要だ。至急、こちらから警備班を派遣する。Dポイントの警備要員は動かず待機。そのまま該車両を警戒監視せよ』

猪狩は唇《くちびる》を噛《か》んだ。

「もし、該車両が逃げ出そうとしたら……」

『いまマル要（要人）が到着したところだ。該車両は本庁警備班に任せろ。きみたちはDポイントの警備に専念しろ』

「了解」

猪狩はマイクのスイッチをオフにした。

装甲バスから待機組の四人が慌ただしく飛び出し、盾を抱え、猪狩の前に駆け付けた。

隊員たちは猪狩の周囲に集まりながら、防弾チョッキを装着したり、靴紐《くつひも》を締め直したりしていた。

「分隊長、何事です？」

古参の沢村《さわむら》巡査長が猪狩に訊いた。

「不審車両だ。駐車場の白のミニバン」

猪狩は駐車場でフェンス寄りに駐車しているミニバンを指差した。駆け付けた四人は、駐車場を向き、ミニバンに注目した。

沢村巡査長が訝《いぶか》った。

「あのバンのどこが不審なんです？」

「昨日、我々が予行演習をしている時にも、あのミニバンを見かけた。何度も駐車場に出入りしていた。警備状況を観察していたのかも知れない」

「気付かなかったな」

「搬入用のミニバンだから、多少このあたりを往き来しても、我々が警戒しないと踏んでいるのかもしれない」

「なるほど」

「今日もあのバンは午前中に到着ターミナル前を走っていた。次に到着するのは、中国代表団だ」

ターミナルビルの出入口から、数人の私服刑事が現われた。後ろに七、八人の制服警官を従えている。私服刑事たちは駐車場のミニバンを指差し、何事かをいい合いながら、舗道に立ち、道路を横断しようとした。

ブレーキ音が鳴り響いた。渡ろうとする私服や警官たちを見て、何台も車が急停車していた。

私服たちは道路を渡ると、駐車場を囲むフェンス沿いに出入口に向かって駆けてくる。

「ち、わざわざ、あっちから来なくても、こっちの方が、よほどミニバンに近いのにな」

辻巡査がぼやいた。

突然、白のミニバンがエンジン音を響かせ、急発進した。タイヤを軋《きし》ませ、駐車場の出口に向かっている。

「野郎、逃げるつもりだぜ。どうします？　分隊長」

沢村巡査長が怒声を上げた。

本部の私服たちは必死に駆けているが、駐車場の出口に着くころにはミニバンは走り出ている。猪狩たちが車道を横断すれば、すぐに駐車場の出口のゲートに着く。

猪狩は隊員たちに怒鳴った。

「よし。車を逃がすな。止めろ」

「おうッ」

隊員たちは盾を持ち、一斉に車道を駆け出し、車道を横断した。タクシーやバスが猪狩たちの姿に慌てて急停車した。

猪狩は走りながら、呼び子を口に咥え、勢いよく吹いた。甲高《かんだか》い呼び笛が鳴り響いた。

ミニバンは駐車場の出口に走って来た。ミニバンは下りているゲートのバーを打ち破り、へし折った。そのままミニバンは車道に飛び出そうとした。

「停まれ！　停まれ！」

猪狩は両手を拡げ、ミニバンの行く手に立ち塞《ふさ》がった。ミニバンはブレーキの金切り音を立てながら、猪狩を避けようと急ハンドルを切った。

猪狩の傍にいた辻巡査と沢村巡査長が盾もろとも、車に弾《はじ》き飛ばされて車道に転がった。

ミニバンはゲート脇の街灯の鉄塔に激突して止まった。フロントガラスが砕《くだ》け散った。衝突したショックで、運転席と助手席のエアバッグが音を立てて膨張した。

運転者と助手席の男が膨らんだエアバッグに顔を埋《うず》めていた。

「この野郎！　公妨《こうぼう》（公務執行妨害罪）現行犯逮捕だ」

猪狩は怒鳴りながら、ミニバンの運転席のドアを引き開けた。

運転者は頭から血を流して気を失っている。

ひしゃげたフロントのボンネットの下から白い蒸気が噴き出した。ツンとしたガソリンの強い刺戟臭もする。

「乗っている連中を引きずり出せ」

猪狩は血だらけの運転者を引きずり出し、燻《くすぶ》る車から離した。

ようやく私服や制服警官たちが駆け付けた。

「本部警備班だ。ご苦労。後は我々に任せろ」

班長らしい私服が大声で猪狩たちに叫んだ。分隊員たちは彼らと交替して、退いた。

私服刑事は矢継《やつ》ぎ早《ばや》に部下たちに指示を出した。

「まだ車内に何人かいる。車に火がつかぬうちに全員引きずり出せ」

「怪我人の応急処置をしろ」

「車内に爆発物があるかもしれん。気を付けろ」

私服刑事や警官たちは手分けして動き出した。

班長はインカムのマイクに大声で怒鳴る。

「本部。救急車要請。怪我人が複数出ている」

猪狩は血だらけの運転者の軀を調べた。男は脇の下に自動拳銃のホルスターを吊していた。猪狩は拳銃を押収した。中国製マカロフ。ロシア製マカロフ自動拳銃のコピーだ。

運転者は呻《うめ》き、目を開いた。

「おまえは、いったい、何者だ？」

「……ツォニーマー（ファック・ユーア・マザー）」

運転者の男は血だらけの顔を歪《ゆが》め、憎々しげに中国語で悪罵《あくば》を吐いた。

「おまえら、中国代表団を狙ったんだな」

猪狩は運転者の男に中国語でいい、手錠をかけた。

「なんだ、おまえ、中国語がしゃべれるのか」

猪狩は運転者の男を無視して、班長にいった。

「拳銃マカロフを押収しました」

「なに、こいつら、武装していたのか」

猪狩はうなずき、マカロフを班長に手渡した。

「ほかにも、車内に武器や爆発物があるかもしれません。このマル被はそちらに引き渡します」

「うむ。分かった」

班長はうなずいた。

猪狩は道路にしゃがみこんでいる辻巡査と沢村巡査長に歩み寄った。分隊員たちが、二人を介抱している。

「大丈夫か？」

「腰を打ったみたいですが、どうやら大丈夫です」

辻巡査は腰をさすりながら、同僚隊員の肩を借りて立ち上がった。

「俺もどうにか無事みたいだ」

沢村巡査長も同僚に支えられ立ち上がった。

二人とも、防弾チョッキを着込み、籠手や肘当て、膝当てをしていたので、だいぶ衝突の衝撃が和《やわ》らいだらしい。

ミニバンから私服刑事の声が響いた。

「班長！　車内にこんなものが」

私服たちがミニバンの中から段ボール箱を抱え出した。班長の私服は、段ボール箱を覗き込んで驚いた。

「自動小銃ではないか」

「班長、手投げ弾もあるようです」

「防毒マスクや防弾チョッキもあります」

班長は部下の私服たちと顔を見合わせた。

「なんてこった。こいつら、何をやろうとしていたのだ？」

班長の私服刑事は男たちを見回した。

やがて、サイレンを鳴り響かせながら、救急車やパトカーが一団となって駐車場に走り込んだ。制服警官たちが、救急車を現場に誘導して止めた。

耳のイヤフォンが何かいっているが、周りが喧《やかま》しいので、よく聞き取れない。

猪狩は耳のイヤフォンに手をあてて耳を澄ました。

『……本部から全局。マル中（中国代表団）は、通関を通り、到着ロビーに出た。まもなく出発時刻の一五〇五時。全局、不審者、不審車両に警戒せよ』

猪狩は分隊員たちに手で合図し、持ち場に戻るように命じた。イヤフォンが喧しく喚き立てる。

『本部からDポイント。聞こえるか？　警備班から連絡があった。機動隊は持ち場を離れてはいかん。至急に持ち場に戻れ』

「了解です」

『全局へ。マル中は、Bポイント通過した。Cポイントに向かう。Dポイントもスタンバイせよ』

「了解了解」

猪狩は答えてから、みんなに怒鳴った。

「全員、大至急持ち場に戻れ。急げ！」

分隊員たちは一斉に出口へ駆け出した。

「待て。分隊長」

隊員たちの後を追おうとした猪狩に、班長の声が響いた。振り向くと、班長はちらりと猪狩の階級章に目をやった。

「きみの所属と名前をいえ」

「新潟県警第一機動隊猪狩誠人です」

「新潟県警機動隊だったのか。猪狩誠人巡査部長だな。よし、覚えておこう」

班長は精悍《せいかん》な顔を崩して笑った。

「班長どのは？」

班長はじろりと猪狩を振り向いた。

「警視庁公安部の管理官、舘野《たての》だ」

管理官といえば、階級は警視。猪狩は直立不動の姿勢を取った。

「管理官どの、失礼しました」

猪狩は挙手の敬礼をした。舘野は鷹揚《おうよう》にうなずいた。

猪狩は踵を返し、Dポイントの部下たちのところへ駆け出した。

6

翌朝、宿舎の食堂では一騒ぎが起こった。

日刊紙には東南アジア各国の政府代表団が訪日したニュースは出ていたが、到着ターミナルの駐車場で起こった捕り物事件の記事は、どこにも載っていなかった。

猪狩は狐《きつね》につままれた思いで、新聞を眺めていた。新聞はおろか、テレビにも出ていない。

「いったい、どうなっているんですかね」

辻巡査は怪訝《けげん》な顔で猪狩に訊いた。

ミニバンと激突して腰や胸を打った辻巡査は、救急車で病院に運ばれ、肋骨《ろっこつ》三本にひびが入る全治三週間の診断を受けていた。しばらくは激しい運動が出来ない状態だった。

一緒に病院に運ばれた沢村巡査長も胸を強打した際に肋骨二本にひびが入っており、こちらも全治三週間の診断となっていた。

沢村巡査長も新聞を隅々まで詳細にチェックした後、やがて諦《あきら》め顔でいった。

「載っていない。おれたちが捕まえたテロリストたちの身柄は、確かに警視庁に渡したのになな。無視ということかな」

「ブンヤの連中、意図的に記事にしなかったんですかね？」

　分隊員の一人が訊いた。

「意図的というのは？」

「政治的に誰かに忖度《そんたく》した？」

「分隊長が捕まえた男は中国人だったというのは確かですよね？」

　猪狩はうなずいた。

「うむ。中国語で悪態をついていた。やつとは中国語で話をした」

「分隊長は、シナ語が出来るんですか？」

「一応、日常会話程度ならな」

「すげえな。おれたちとは出来が違う」

「そんなことはない。みんな、それぞれに特技を持っているじゃないか。中国語が分かるのは、おれの特技ってことだ。きっと記事にしなかったのは、中国代表団にまずいと思って、遠慮したからだと思う」

「どうして、中国代表団にまずい、というんです？」

「きっと捕まえた連中は、いまの習近平《シーチンピン》体制の中国政府に反対していたのだろう。そうした反対勢力が東京にいて、中国代表団を襲おうとしていたことが世界に明らかにされれば、習近平国家主席の顔に泥を塗るようなことだからな」

「それで日本のマスコミは忖度したというのですかね」

「うむ。日本政府としても、ことを荒立てずに環太平洋経済会議を乗り切りたかった。そのため、マスコミに働きかけ、事件をないものにしたってところかな」

猪狩は頭を振った。

第二分隊の三好《みよし》巡査部長がにやにや笑いながら、猪狩にスマホを見せた。

「SNSでは、一分隊のおたくらが大活躍する動画で大騒ぎになっているぜ」

「なに、動画があるって？」

猪狩は三好巡査部長のスマホの画面を覗き込んだ。

「どれどれ」

猪狩の周囲に分隊員たちが集まり、一緒にスマホを覗いた。

誰かが到着ターミナル前の舗道から、駐車場の出入口を撮影した動画だった。

白いミニバンの前に両手を拡げて止めようとする猪狩。その猪狩を辛《かろ》うじて避けたミニバンが盾を持った辻巡査と沢村巡査長を撥《は》ねて街灯の鉄柱に激突する様が動画になっていた。ミニバンに弾き飛ばされた辻巡査と沢村巡査長が車道に転がる姿も、はっきり映し出されている。

その後、白い蒸気を噴き上げるミニバンに駆け寄った猪狩や分隊員たちが車から運転手たちを引きずり出す姿が、さらに大勢の私服刑事や制服警官たちが駆け付ける様子が映し出されていた。

「やるじゃん。第一分隊の大捕り物の実写だぜ。これは滅多に見られるもんじゃないぜ」

三好巡査部長は、何度も動画を繰り返し再生した。

動画には『羽田空港ターミナル駐車場で、機動隊白昼の大捕り物』というタイトルが付けられていた。

「ほんとだ。おれ、映っている」辻巡査は顔を綻ばせた。

「ち、みっともねえなあ」

沢村巡査長は車に撥ね飛ばされて転がる自分の姿にぼやいた。

「それに比べて分隊長は格好いい。両手を拡げて車を止めようとしている」

「ほんとだ」

「迫力あるな」

分隊員たちは口々に騒《ざわ》めいた。

「こんな動画、いつの間にか、誰かが撮っていたんだな」

猪狩は感心して画面に見入った。

分隊員たちは苦笑いしながらいった。

「悪いこと出来ねえな。いつも、どっからか、誰かに見られているんだな」

「まったくまったく」

「気を付けなければな」

「新聞に出なくても、ネットでこれだけ取り上げられれば満足だろうが」

三好巡査部長はにやにやしながらいった。

動画には、すでに十万人以上の視聴者が「いいね」を押していた。

隊員の一人が猪狩に声をかけた。

「分隊長、隊長が御呼びです。食事が終わったら、すぐに隊長室に出頭するようにとのことです」

「うむ。分かった」

猪狩は椅子から立ち上がった。

「分隊長、きっと、このことだぜ」

三好巡査部長が笑いながらスマホを指していった。

「かもしれんな」

猪狩は大藤《おおふじ》隊長から何をいわれるか分からないが、あまりいいことではないだろう、と覚悟した。

みんなは、まだ三好のスマホを見ながら、笑っていた。

猪狩は食器のプレートを洗い場のカウンターに運び、食器の食べ残しをバケツに空けた。


猪狩が隊長室のドアをノックすると、「入れ」という声がした。

「猪狩巡査部長、入ります」

猪狩は大声でいい、部屋に入った。

隊長室のソファセットには、機動隊長の兵頭警視と第一機動隊隊長の大藤警部、第一小隊長の川上警部補の顔が揃っていた。

「そこに座れ」

大藤警部は、顎《あご》で空いているソファを指した。猪狩は一礼し、川上小隊長の隣のソファに腰を下ろした。

開口一番、大藤警部の叱責《しっせき》が飛んだ。

「猪狩、おまえ、何ということをしてくれたのだ」

「どういうことでしょうか？」

猪狩は胸を張った。何もまずいことはしていない。

「中国代表団が到着した折、おまえは警備本部の命令を無視して、持ち場のDポイントを離れ、勝手に不審車両にバンカケをしたそうではないか」

「確かに不審車両にバンカケをしようとしましたが、勝手に持ち場を離れたわけではありません」

「警備本部に不審車両ありの通報をしたそうだな。その時、本部は何といっていた？」

「バンカケ不要といわれました。ですが、急に不審車両が逃亡しようとしたので……」

「不審車両を阻止しろ、と本部は許可したのか？」

「いえ。許可は出ませんでした。ですが、本部の警備班が駆け付けても間に合わない、と思ったので、自分が分隊を率いて逃亡を阻止したわけです」

「それが命令無視だというのだ」

「しかし、それでは不審車両の……」

「猪狩、不審車両という報告だが、警備本部が調べたところ、何でもなかったそうだぞ。身元もはっきりした作業員だったそうだ」

猪狩は怒りが喉《のど》元まで上がって来て爆発しそうだった。

「彼らは拳銃で武装し、車内には自動小銃や手投げ弾を隠し持っていたのですよ」

「警備本部の警備班によると、不審な物は何もなかったそうだが」

「そんな馬鹿な。本部から来た警備班の刑事たちは、ミニバンに乗った連中から拳銃を取り上げ、車内の段ボールに入っていた自動小銃や手投げ弾を押収したはず。そうするのを自分たちは現認しているのですよ」

大藤警部は兵頭警視と顔を見合わせた。

「警備本部は、何も押収していないといっておった。パンや菓子類を載せた運搬車だったといっていた。新潟県警機動隊の勇み足だと」

「自分たちは確かに、この目で武器や銃などを現認し、テロを事前に阻止したと考えています」

「猪狩、おまえたちは本当に拳銃や自動小銃、手投げ弾を現認したのか？」

「はい。ミニバンに乗っていた中国人運転手は、拳銃マカロフを所持していました。それを自分は現認しています」

「きみの他には？」

「警備本部の警備班長舘野管理官も自分と一緒に現認しています。なのに、不審車両ではない、というのですか？　おかしいな。舘野管理官が嘘をついたのですかね」

「舘野管理官だと？」

兵頭警視は目を細め、大藤警部と顔を見合わせた。猪狩はうなずいた。

「はい。身柄を確保した不審者を引き渡した相手は、別れ際、警視庁公安部管理官舘野だ、といっていました」

「そうか。公安《ハム》か。ハムなら、我々に隠して何かやりそうだな」

兵頭警視が唸《うな》った。大藤警部が頭を振った。

「身柄を確保した連中について、何かわけがあって隠したのかも知れませんね」

猪狩は首をかしげた。

「どういうことですか？」

「まあいい。そのうち分かるだろう」

兵頭警視はむっつりとした顔になった。

大藤警部が兵頭に代わっていった。

「猪狩、おまえたちを信じよう。だが、本部の命令を無視したのは、やはりまずい。おまえ、小隊長の許可も取らなかったのだろう？」

「はい。緊急事態だと思いましたので。後で申し開きをしようと思いました。小隊長、申し訳ありません」

　猪狩は川上小隊長に深々と頭を下げて謝った。川上は笑った。

「まあ、今回は緊急事態で止むを得なかったこととしよう。だが、二度はないぞ」

「はい」

　兵頭警視は猪狩にいった。

「ともあれ、何も起こらなかったことを是《ぜ》としよう。万が一、代表団の身に何か起こったら、我々新潟県警機動隊の落ち度とだけは思われたくない。いいな」

「はい」

　大藤警部が笑みを浮かべた。

「警察庁や警視庁は、我々県警を田舎《いなか》警察と馬鹿にしている。だから、きっと、今回もやつらが防げなかったので慌てたのだろう。猪狩、新潟県警の恥になるようなことだけはするな。いいな」

「はい。気を付けます」

　川上小隊長が猪狩の肩をぽんと叩いた。

「猪狩、本日一日休めるが、また明日から代表団が無事帰国する明後日の夕方まで、気が抜けない。隊員たちにも、そういって気を引き締めてくれ」

「分かりました」

「では、帰ってよし」

猪狩は弾かれたように立ち上がった。

「失礼いたします」

猪狩は兵頭警視、大藤警部、川上小隊長に挙手の敬礼をし、部屋を出て行った。

第三章　吸い上げ

1

窓の外に雨が降っていた。

少し肌寒い五月雨《さつきあめ》だ。

猪狩誠人は縁側から煙草《たばこ》を燻《くゆ》らせながら、雨に濡れる梅の古木を眺めていた。紫煙《しえん》が雨の中に流れて消えていく。

遠くからかすかに潮騒《しおさい》が聞こえてくる。日本海は今日も荒れている。

誠人は久しぶりに実家に戻っていた。

梅の木の枝には青緑色の実が撓《たわ》わに生《な》っている。まもなく落梅の季節になる。

「誠人、お昼ですよ」

母の夏枝《なつえ》が台所から声をかけた。

「うん」

誠人は居間の座敷を振り向いた。

母はお盆に湯気の立つどんぶりを二つ載せて居間に運んでくる。

「おう、ラーメンだ。旨《うま》そう」

誠人は座敷のテーブルに胡坐《あぐら》をかいて座った。

「はい、お待ちどおさま」

母はラーメンのどんぶりを二つ、テーブルに並べた。具と麺がたくさん入った大きなどんぶりを誠人の前に、自分の前には小振りなどんぶりを置いた。

ラーメンの湯気に鼻をひくつかせる。

母が作る新潟ラーメンは、鮭《さけ》のほぐし身や昆布、さらに葱《ねぎ》がたっぷり入れてあって、潮の匂いがする。

「母さん、小食なんだな」

誠人は自分のどんぶりと母のどんぶりを比べた。

「歳を取ると食が細くなるものなのよ」

「俺の方、少し多いから、分けて上げるよ」

「なにいってるの。あなたは仕事が仕事なんだから、しっかり栄養を摂《と》らないとね」

母は座布団の上に正座し、両手を合わせ、「いただきます」といった。

誠人はラーメンに胡椒《こしょう》をたっぷり振り掛け、早速に麺を啜《すす》ろうとしたが、母の様子に慌てて止め、手を合わせた。

「いただきます」

子どものころから、食事の前には必ず手を合わせ、神様にお祈りする習慣だったのだが、警察官になってからはすっかり忘れてしまっていた。

警察学校では、早飯、早糞を旨《むね》とし、時間をかけて飯を食うとか、のんびりトイレに入るという習慣は捨てさせられる。警察官になると、一生、その習慣が身についてしまうのだ。

「今度の人事異動では、どんな仕事に就《つ》くというの」

「たぶん、県警本部の捜査一課に上がると思う。まだ正式の辞令は出ていないけど、内々《ないない》にそういう打診《だしん》があった」

母は顔を上げ、誠人を見た。

「捜査一課って、テレビの刑事ドラマや映画でしか知らないけど、殺人事件や強盗事件なんかの捜査をする部署じゃなくて？」

「そう」

「殺された人や死んだ人を、たくさん扱うんでしょ？」

「もちろん、死んだ人を調べたりするけど、それは鑑識の人たちの仕事。捜査一課は人を殺した犯人や強盗などの凶悪犯を捕まえるのが仕事さ」

「大丈夫？」

「大丈夫。心配ない」

誠人は大きな音を立ててラーメンを啜った。

母には、あまり仕事の話はいわないようにしている。それでなくても母は心配性だ。息子や娘のことを案じるのが母親の仕事だと思っている。

「誠人は、子どものころから、気が優しいから、警察官なんか、まったく向いていないと思っていたのだけど」

「もう、俺、子どもじゃない。二十五だぜ。四捨五入《ししゃごにゅう》したら、三十の大人《おとな》だ」

「そうね。もう、あなたは立派な大人ですものね」

母は麺を口に頰張《ほおば》りながら、自分に言い聞かせるようにいった。

誠人は話題を変えた。

「親父の仕事、順調なのかな」

父の勝浩《かつひろ》は、ＪＲに勤めている。年令は五十五歳の働き盛りだ。

「お父さん、上越《じょうえつ》新幹線の長岡《ながおか》駅長になったので張り切っているわ」

「奈緒美《なおみ》からは連絡ある？」

「手紙も電話もなし。ノウニューズはグッドニューズよ」

母は苦笑しながら、麺を食べた。

妹の奈緒美は昨年の春、高校を卒業すると上京し、東京の女子大に通っている。

「ちゃんと勉強しているのかな」

「あの子のことだから、勉強は真面目《まじめ》にやっていることでしょう」

「悪い男に引っ掛からなければいいけど」

「そんなに奈緒美が心配なら、あんたの方からもメールか電話をしなさいな」

「あいつ、気が強いから、男の方が避けて通るか」

誠人は笑い、麺を勢いよく啜った。

「ところで、誠人、あんた、何か会社でまずいことをやらなかった？」

「まずいことって？」

「何か、内緒で悪いことをしたりとか？」

誠人は食べるのを止《や》め、母を見た。

「どうして、そんなことをきくの？」

「実は、この前、警察の人があんたのことをききに来たの」

誠人は訝《いぶか》った。

「ほんとに警察の人間だった？」

「ええ。バッジが付いた警察手帳を見せてくれた。あんたが持っている警察手帳と同じものだった」

「所属や階級、名前は、何と書いてあった？」

「あんたと同じ新潟県警本部の警務部の人。名前は確か佐々木《ささき》。下の名は忘れた。階級は巡査部長だった」

「警務部か。きっと今度の異動のことで調べに来たんだろうな」

誠人はラーメンを啜りながらいった。新潟県警の人事は警務部が担当している。

「どんなことを訊《き》かれた？」

「子どものころから、どんな性格で、何が趣味だったか、とか。交友関係とか、女友達とか、大学生時代に何をやっていたか、とか。ともかく、いろんなことを訊いて行った」

「へええ。身上《しんじょう》調査だな」

「お父さんや私のこともよ。親族兄弟姉妹に、共産党員や宗教団体、暴力団に関係のある人はいないかって。それから刑務所に入れられたような人はいなかったか、と。もちろん、いないから、いないと返事をしておいたけど」

「思想信条や身の回りのことを調べたわけだね」

「そんなの個人のプライバシーでしょ。全部は答えられないわっていった。まずかったかしら」

「いや、大丈夫。心配ない」

誠人は、そういいながら、ふと不安が頭を過《よぎ》った。大学生時代に、東日本大震災と福島原発事故の被災地に出掛け、救援のためのボランティア活動に参加したり、反原発集会に出たりしていた。しかし、悪いことではないので、隠したり、恥じることではない。

「それから、私とお父さん両方の祖父母、曾祖父母についても訊かれたわ」

「ええ？　そんなことまで？　で、なんて答えたの？」

「お父さんの祖父は県庁の役人だったし、曾祖父も町の名士だった。私の曾祖父も祖父も職業軍人だったから、そういったわ」

誠人は苦笑した。

警察官になるにあたっては、三等親まで調べられるとは聞いていた。捜査一課への人事異動の際にも、あらためてまた綿密《めんみつ》に調べられるのか。誰だって叩《たた》けば多少は埃《ほこり》が出るものだ。探せば自分にも忘れている不都合なことも見つかるかも知れない。その時はその時だと、誠人は腹を括った。

「ご馳走《ちそう》さまでした」

誠人はラーメンの汁を飲み干し、テーブルに空《から》のどんぶりを置いた。

「まあ。早いのねえ」

母は呆れた顔で笑う。

「普段は、もっと早食いになる。三分かからずに飯もおかずも味噌《みそ》汁も掻《か》き込む。そうしないと、人に遅れを取ってしまうんだ」

「味わっている暇はないのね」

「いや、味は味でしっかり味わっているよ。旨かったよ、このラーメンは」

誠人は口元についた汁を手で拭《ぬぐ》った。

「まあまあ。誠人のお嫁《よめ》さんになる人はたいへんね。一緒に食事を楽しむなんてことできないでしょうからね」

誠人は、いよいよ来たか、と心の中で思った。

母はどんな女性と付き合っているのか、さり気なく探りを入れているのだ。

「ね、誠人、いま付き合っている女の人、いるんでしょ？　遠慮せずに家に連れていらっしゃい」

「いま、そんな彼女はいないよ」

　誠人は煙草を咥え、ジッポを擦った。

「大学生時代からお付き合いしていた人がいたでしょう。綾子《あやこ》とかいったお嬢さん」

「うん」

「うちに一度連れて来たでしょ。あの人も一緒に同じ会社に入ったのではなくって？」

　母の記憶力は、尋常ではない。下手《へた》に誤魔化《ごまか》そうとすれば、すぐに見破られる。いつ、どこで、何時何分まで覚えている。

「彼女には振られた。それで警察官になったんだから」

「まあ。そうだったの」

　母は頭を振った。容易には誠人の話を信じない顔だった。

　正確にいえば、いまの会社を辞めて警察官になる、といったら、綾子から見事に振られたのだが。

「亜美ちゃんのこと、まだ忘れられないの？」

「え、亜美ちゃんのこと、母さん、なぜ知っているんだ？」

「なによ。あんた、小さいころ、大きくなったら、お巡りさんになって、亜美ちゃんを救けだすんだっていっていたじゃないの」

「そんなこと、俺、いったっけ」

誠人は笑い、頭を掻いた。

「いいました。だから、前の会社を辞めて、お巡りさんになると聞いた時、ああ、まだ亜美ちゃんのことを忘れないでいるんだ、と私は思ったものよ」

半分は当たっていた。目の前で亜美が攫《さら》われたのを見て、なぜ、声を上げて、救けを呼ばなかったのか、という悔いが思い出された。

あとの半分の理由は、貪欲《どんよく》に利益を追求する会社に身を置くことが、どうしても出来なかった。金儲けのためでなく、世のため人のためになる仕事につきたい。それには、学校の先生、自衛官、消防士、看護師、介護士、公務員などが思い浮かんだが、結局、亜美のこともあって、警察官への道を選んだ。

「あっそう。昔からの夢の警察官になりたかったなら、そうすれば」

綾子は自分の気持ちを打ち明けた誠人に、冷ややかにいった。

「上級職の国家公務員のキャリアを狙うなら、話は別だけど、交番のお巡りさんに、私は付いていくつもりはないわ」

誠人は綾子の言葉を励ましの言葉と受け取った。なにくそ、いまに第一級の警察官になって見返してやる。第一級の警察官とは何なのかは自分でも分からないが。

「いまお付き合いしている人はいるのでしょ？　同じ職場の女性とかで」

「ま、いないことはないけど」

誠人は山本麻里を思い浮かべた。麻里が、こちらを向いてくれるとは思わなかったが、友達として、同志としてなら、きっと付き合ってくれるだろう。

蓮見健司の顔が浮かんだ。蓮見も麻里を憎からず思っているのではないか。麻里も蓮見を見る目が違う。

「そう？　じゃあ、安心した。同じ職場の人なら、あんたのことを理解してくれるでしょうからね」

「うん、まあ」

蓮見という強い恋敵《こいがたき》がいるにはいるが、麻里なら、一緒にいたい、と誠人は思うのだった。

「明日の予定は、どうなっているの？」

「朝九時半までに県警本部に出頭すればいいことになっている」

「じゃあ、今夜は、お父さんも早く帰宅するそうだから、すき焼きでもしましょう。奈緒美はいないけど、親子三人で、誠人の昇進と栄転のお祝いをしなくちゃあ」

母はにこやかに笑った。

「じゃあ、スーパーに買物に行かなくては」

「俺も一緒に行く」

「久しぶりの帰宅なのだから、ゆっくりしていればいいのに」

「このくらいはしないと、軀《からだ》が鈍《なま》ってしまう」

誠人はさっと立ち上がり、食器や盆を台所に運んだ。母は呆気《あっけ》に取られていた。

町のスーパーマーケットは、本日ポイントが五倍付く日とあって、大勢の買物客で賑《にぎ》わっていた。

誠人は買物カートを押して、母の後に付いた。

肉売場のコーナーには、長蛇《ちょうだ》の列が出来ていた。母と一緒に列の中で並んでいると、肩をぽんと叩かれた。

「おい、誠人、久しぶりだな」

高校の同級生の小島雄次《こじまゆうじ》が笑っていた。手に買物袋を下げている。

「あら、小島さん」

「お元気そうでなによりです。誠人が帰っていたんですね」

「そうなの。誠人は、仕事が忙しいので、なかなか帰って来れないんですよ。だから、今夜は親子水入らずで過ごすつもり」

「いいですね。羨《うらや》ましい」

「あなたも、家《うち》にいらしたら」

「ありがとうございます。赤ん坊を抱えた女房が家で待っていますんで」

誠人は小島に向いた。

「あれ、今日、役場は休みか？」

「産休だ。女房のために、産休が取れた」

小島は顔を綻《ほころ》ばせた。小島は新婚まもなく、子宝に恵まれた男だった。

「ところで、誠人、ちょっと話がある」

小島は何事かを思い出したようにいった。

「いいわよ。誠人、久しぶりの再会なのだから、話して来たら。私、その間に買物をしているから」

「すみません、お母さん。ちょっと誠人を借ります」

小島は誠人の腕を摑《つか》み、スーパーの店の外に連れ出した。

「誠人、おまえ、何かへまをやったか。刑事が役所にやって来た。おまえのことを調べにな」

「俺のことを？」

「おまえの戸籍謄本《とうほん》や親族の戸籍を見せろといって来た。俺、いま戸籍係をしているから、そいつにいったんだ。個人情報保護法で、たとえ警察でも個人情報は出せないと」

「そうしたら？」

「いったん、やつら引き揚げた。しばらくして、また現われて、俺の上司に捜査に必要だからと、『捜査事項照会』を出して来た。これは事実上、裁判所の照会命令に準じる強制力があり、役所としては警察に情報を提出しなければならない。どうやら、おまえのことで、警察は何か調べているらしいんだ。心当たりはあるか？」

「……ない。警務課が俺の身元調べをやっているらしいのは分かっているが、その刑事たちというのは、誰か分かるかい？」

「いや。教えてくれなかった」

「警察手帳は提示したんだろう？」

「ちらりとしか見せてくれなかった。だから、よく分からない」

「どんな連中だった？」

「普通のサラリーマンのようだったな。そうだ、思い出した。警察手帳は、新潟県警ではなかった。警視庁とあったように思う」

「警視庁？　東京の警視庁だというのか？」

「そう。新潟県警ではなかったから、変だなと思ったんだ。おまえが東京の会社にいたころ、何か悪いことをして、辞めたんじゃないか、と思ったんだ」

以前にいた商社で、俺が横領とか何かをやったというのか？

馬鹿な。円満退職したはずだ。不祥事なんぞ、起こしたことはない。

猪狩は、なぜ、新潟県警でなく、警視庁が動いているのだ、と首を傾《かし》げた。

スーパーの出口で、母が手を挙げて呼んでいるのが見えた。

「ありがとう。調べてみる」

「何か知らないが、用心しろよ」

小島は笑い、猪狩の肩を叩いた。

2

猪狩はエレベーターを五階で下り、廊下を歩んだ。

廊下の窓から近くをゆったりと流れる信濃川《しなのがわ》が望める。向かい側に新潟県庁ビルが建っており、その背後に川を跨《また》ぐ千歳《ちとせ》大橋が見える。

県警本部警務部警務課のドアには「関係者以外、許可なく入室を禁ず」という札《ふだ》が仰々《ぎょうぎょう》しく掛かっていた。県警人事はトップシークレットである。県警本部詰めの記者クラブの新聞記者でも、警務部警務課は立ち入りが出来ない奥の院だった。

四月の定例の人事異動が終わったばかりだが、すでに秋の小規模な人事異動計画の策定が始まっているところだった。

猪狩は警務課のドアの前で、もう一度制服をチェックし、姿勢を正して胸を張った。ドアをノックし、内部から返事があってからドアを開けた。

部屋には、きちんと机が向かい合って並び、出入口の前に受付のカウンターがあった。若い女性職員が笑顔で猪狩を出迎えた。

猪狩が来意を伝えると、女性職員はすでに上司から指示を受けていたらしく、にこやかな顔でいった。

「警務部長がお待ちです。こちらへ、どうぞ」

女性職員は先に立って廊下に出ると、さらに奥に向かって歩き出した。

警務部長？

竹内《たけうち》警務課長ではなく、その上の新井《あらい》警務部長に面会するというのか？

聞き間違いではないか、と思った。

新井警務部長は県警本部長に次ぐナンバー2である。県警人事は警務課の職掌《しょくしょう》なので、てっきり新井警務部長の下の竹内警務課長と面談するとばかり思っていたのだ。

女性職員は警務部長室のドアをノックした。ドアを開け、猪狩が出頭したことを告げた。中から返事があり、女性職員は猪狩を部屋に導き入れた。

「入ります」

猪狩は軀を斜めに折って、部屋にいる警務部長たちに敬礼した。

部屋には細長いテーブルを挟《はさ》んで、ソファが何席も並んでおり、そこに四人の男が向かい合って座っていた。四人のうち三人は制服姿だった。一人だけダークスーツの男がいた。三人の制服組は、いずれも県警の幹部たちだった。

小太りで温厚そうな丸顔の男は警務部長の新井警視長。その隣のソファに座ったやや瘦《や》せた軀付きの男は警備部長の小菅《こすげ》警視正。さらに、小菅の向かい側に座っている顎《あご》のえらが張ったいかつい顔の男は、鬼の捜査一課長として名高い熊倉《くまくら》警視。新井警務部長の向かい側に座っている男はスーツ姿だった。

「おう、猪狩巡査部長、ご苦労さん」

新井警務部長はにこやかに猪狩に声をかけた。以前、猪狩は新井に人事面接を受けた記憶がある。

「警備部長も捜査一課長も、紹介せずとも、いいな」

新井警務部長は小菅警備部長と熊倉捜査一課長を目で指した。

「はいッ」

猪狩は直立不動《ちょくりつふどう》の姿勢のまま返事をした。

新井警務部長は向かい側に座った私服姿の男を手で示した。

「こちらの方は、警察庁警備局から御出でになった真崎理事官だ」

猪狩ははっとして男を見た。

以前に雪の現場で会った真崎だった。あの時は警察庁警備局の課長補佐真崎と名乗っていた。その後、役職が課長補佐から理事官に上がっている。

「お久しぶりです」

猪狩は真崎理事官に頭を下げた。

「うむ。きみも元気にやっているようだな」

「なんだ、真崎さんは猪狩と面識があったんですね」

新井警務部長は顔を綻《ほころ》ばせた。話の様子から、真崎は新井の先輩と見えた。

「一度、現場で会っている。その時、気に入ったのだ。こいつは使える男だとな」

「ほほう。そうでしたか」

新井警務部長は猪狩に目で、捜査一課長の熊倉の隣のソファを差した。

「猪狩、まあ、そんな硬くならずに、そこに座れ」

「はい。では、失礼します」

猪狩は熊倉捜査一課長に頭を下げ、隣のソファに座った。熊倉一課長は、終始、渋い顔をしていた。

新井警務部長はにこやかにいった。

「猪狩、捜査一課にきみを引き抜く話だが、ここへ来て、小菅警備部長から横槍が入ってな。一課行きはご破算となった」

「横槍ではありませんよ、新井さん。警察庁の真崎さんの意向をお伝えしただけです」

小菅警備部長がやんわりと正した。

「ま、一課長からすれば、小菅部長に横から猪狩を奪われたことになるのだからな」

猪狩は、自分の人事をめぐって、小菅警備部長と熊倉捜査一課長が綱引きをしているのが分かった。

「いったい、どういうことなのですか？」

猪狩は隣の熊倉捜査一課長を見た。

熊倉捜査一課長は憮然《ぶぜん》としていった。

「もう一度、警務部長にお願いします。うちで徹底的に鍛《きた》え上げ、次世代の県警を担《にな》う刑事にしたい。そう思って抜擢《ばってき》した。それを、ここに来て、いくら本庁の理事官の要請とはいえ、その猪狩を横取りされるのは納得できませんな」

猪狩は我々一課が将来を見込んで、今回吸い上げようとした若手です。

熊倉捜査一課長は、真崎理事官には一瞥《いちべつ》もせず、怒りを抑えて抗議した。

警務部長も警備部長も、警察庁のキャリア組の定席である。対する捜査一課長は、刑事部トップのノンキャリア組の定席だ。警務部長の新井警視長も警備部長の小菅警視正も、階級は捜査一課長の熊倉警視よりも上で、かつまだ四十代である。対する熊倉捜査一課長は年令も定年に近い五十代後半だった。

「弱りましたですな」

新井警務部長は困った顔で、小菅警備部長と顔を見合わせた。

小菅警備部長が口を開いた。

「一応、本人の意向を聞きませんか？　猪狩くんは、どう思うかも聞いておかないと。いかがか？」

新井警務部長はうなずいた。

「うむ。いいでしょう。だが、猪狩くん、人事は必ずしも、本人の希望通りにはいかんということは分かっているな。人事は県警本部の組織の将来を考えて策定される。組織優先だ。個人の希望は無視される。いいな」

「はい」

「きみは以前から刑事志望ということだったが、この度、警察庁からきみを公安捜査員として吸い上げたいといって来た。きみとしては、どちらがいい？　県警刑事部の刑事がいいか、それとも警察庁警備局の公安刑事がいいか」

猪狩は姿勢を正していった。

「自分は捜査一課の刑事になるのが夢でした。できれば捜査一課の刑事を望みます」

熊倉捜査一課長は、ちらりと猪狩に目をやり、満足気にうなずいた。

新井警務部長は困った顔で向かい側に座った真崎理事官を見た。真崎理事官は静かに微《ほほ》笑《え》んだ。

「正直でいい青年ですな。それでいい」

「では、諦《あきら》めていただけますか？」

熊倉捜査一課長が真崎理事官を見た。

「その前に、猪狩くんに尋ねたいことがあるのだが」

真崎理事官は猪狩に顔を向けた。

「猪狩くん、きみが刑事を志望した理由は何だった?」

猪狩は突然の問いに、一瞬答えるのを躊躇《ちゅうちょ》した。全員の目が猪狩に集中した。

「きみには、特別の動機があったな。そもそも警察官になろうとした理由が」

「はい」

「それをいいたまえ」

「………」猪狩は口をつぐんだ。どこまで真崎理事官は自分のことを知っているのだろうかと不安になった。

「子どものころに、きみは見たのだろう?」

「何を見たのだ?」

新井警務部長が尋ねた。真崎理事官が真顔で促した。

「いいたまえ」

「目の前で、幼なじみの女の子が攫われたのです」

「きみがまだ十歳のころだね」

「はい」

「女の子はいくつだった?」

「七歳でした」

「大人たちに、その子が攫われるのを、きみはじっと見ていた。いや声を出したくても出せなかったのだね」

「……はい」

「その判断は正しかった。もし、きみが声を出していたら、きみは殺されていたかもしれない。あるいは、一緒に拉致されていたかもしれなかった」

「………」

猪狩は亜美と一緒に、あいつらに拉致されていた方がよかったと思った。

「きみは、その幼なじみの女の子を助けることが出来なかったことを悔やんだ。助けることができなかった自分を許せなかった。自分が情けなかった。それがトラウマになった。いつか、幼なじみの女の子を助けたい。攫って行った犯人たちを捕まえて裁きを受けさせたい。それが、警察官を志願した動機だったね」

「はい」

「その犯人たちは、その時、聞き慣れない言葉を話していた。後になって朝鮮語らしい、と分かった。そうだな」

「はい。そうです」

猪狩は舌を巻いた。真崎理事官が、そこまで自分のことを調べているのか、と驚いた。

小菅警備部長は猪狩をじろりと見た。

「きみの身上書には、そんなことは書いてなかったが……」

「はい。書きませんでした」

熊倉捜査一課長が真崎理事官に尋ねた。

「理事官、猪狩が子ども時代に目撃したのは、拉致事件としての公式記録はあるのですか?」

「ある。恩田《おんだ》亜美拉致事件だ。ただし、犯人グループが分からないので、容疑者不明の未解決事案になっている。公安では継続捜査となっている」

猪狩は驚いた。公安が恩田亜美拉致事件として継続捜査していたとは知らなかった。

「猪狩くんは、大学に入った後、朝鮮語や中国語を学んで身に付けた。それは、いずれ、警察官になって捜査に役立てようと考えてのことだった。違うか?」

猪狩はうなずいた。

大筋は間違っていない。だが、東アジアの文化には昔から関心があり、その勉強をするには、朝鮮語や中国語が不可欠だったからにすぎない。しかし、それをここで説明するのも気が引けた。

新井警務部長がいった。

「つまり、真崎さんは、そんな体験のある猪狩だから、公安に吸い上げたいというのですかね」

「公安捜査員の資質がある、といいたいのだ」

「しかし、危険ですね。あまりに個人的思い入れが強いと、任務を越えて暴走しかねない」

「だが、何も知らない捜査員よりも、拉致被害者の気持ちを知っている。それは強みだ」

「なるほど」

新井警務部長はうなずいた。

熊倉捜査一課長がいった。

「しかし、理事官、まだ猪狩は刑事のいろはも知らない駆け出しですよ。刑事の資質はあると思うので、いったん捜査一課に吸い上げ、刑事としての現場をたくさん踏ませ、刑事魂を叩き込んでから、そちらに引き上げてもいいのでは？」

「それでは遅い。うちの方は、まだ刑事臭さがない若手がほしい。一見、普通の人間と変わらない刑事が必要なんだ」

「なるほど。素人っぽい刑事が必要なんですね」

新井警務部長はうなずき、猪狩に向き直った。

「猪狩、今日はご苦労さんだった。きみの人事については、追って命令を出す。帰ってよし」

「はいッ。失礼します」

猪狩は立ち上がり、新井警務部長に敬礼した。

「ちょっと待て、猪狩」

熊倉捜査一課長が猪狩を引き止めた。低い声でいった。

「いっておくが、刑事は個人的な復讐や報復をしてはならんぞ。犯罪を憎んでも、人は憎まずだ。いいな」

「はい。分かりました。ありがとうございました」

猪狩は熊倉捜査一課長にも敬礼した。

3

あたりに薄墨《うすずみ》のような薄暮《はくぼ》が拡がりはじめた。

猪狩は関屋《せきや》分水路の土手の草地に座り、暮れなずむ水辺を眺めながら、煙草を喫《す》った。

信濃川から分水した運河は水量が多く、ゆったりと海に向かって流れて行く。

分水路の先に灰色の荒海が望めた。沖合いの水平線は波立ち、黒い影絵のような船が静かに移動して行く。

夕陽が雲間を赤く染めて沈んでいく。

土手一面に生えた緑の草と黄色い小花の群生が風になびいて揺れていた。風が足早に風紋を作って駆け抜ける。

学生時代、学校帰りにこの関屋分水路の土手で、好きな女の子とデートをしたものだった。あの子は、いまごろどこで何をしているのだろう。大学を出て以来、まったく会っていない。

「マサト、ごめんなさーい」

分水路を跨ぐように架かった有明《ありあけ》大橋の方から女の声が聞こえた。

振り向くと、麻里の黒いスーツ姿が土手の道を走って来る。雲間から一瞬気紛れに顔を出した夕陽が麻里を明るく照らした。肩に流れた黒髪が躍っている。

「………」

麻里は駆け付けると、しばらく肩で息をつきながら呼吸を整えていた。

「急いで来たんだけど、だいぶ待たせたみたいね。ごめん」

「おれも、いま来たばかりだ」

「嘘《うそ》つき。でも、ほんとにごめんなさい。会社出る時、上司に捕まってしまい、データ検索をやらされてしまった。パソコンぐらい、ちゃんと覚えてほしいわ。なんでも私にやらせるなんてね。ああ、疲れた」

麻里は傍《かたわ》らにバッグを投げ出し、猪狩の隣の草地にでんと尻をついて座った。

麻里の髪の毛が揺れ、彼女の芳《かんば》しい薫《かお》りが猪狩の鼻孔を刺激した。

「わあ、素敵。お花畑にいるみたい」

麻里は周りの草地に咲き乱れる黄色い花を見回した。

猪狩は麻里の天真爛漫《てんしんらんまん》な様子に顔を綻ばせた。

警務部長室から出て帰ろうとエレベーターに乗り込んだ時、後から乗ってきたのが麻里だった。麻里とは蓮見健司と三人で飲んだ時以来しばらく会っていない。

「ちょうどよかった。仕事の後で、ちょっと話があるの。いい？」

麻里はエレベーターの中で、猪狩にそっとささやいた。

「いいよ」猪狩はうなずいた。

麻里は書類の束を胸に抱えて三階で降りた。エレベーターの扉が閉まる寸前、麻里は右手の親指と小指を立てて電話器の形を作り、掛けてという仕草をした。

猪狩は一階でエレベーターから吐き出されると、早速ケータイを取り出し、麻里のケータイに電話を掛けた。何度かの呼び出し音の後に、麻里が出た。圧《お》し殺した声でいった。

『今日夕方、暇？　付き合ってくれる？』

「うん。いいよ。話っていうのは？」

『マサトに相談があるの』

「どんな内容の相談？　仕事のこと？　それとも、プライベート？」

『両方。静かなところがいいな。例のところで会いたい』

猪狩の返事も待たず、麻里の電話は切れた。麻里は近くに話を聞かれてはまずい誰かがいたらしい。

例のところと麻里はいったが、ここ関屋分水路の土手以外に思い出せない。県警本部から歩いて十分とかからない距離にある。麻里とは、一度だけだが、この土手を一緒にそぞろ歩きをしたことがある。あの日も夕刻で、二人で土手に座り、黙って日本海に沈む夕陽を眺めた。

猪狩は、夕方まで、どうやって時間を潰そうか、思案《しあん》した。結局、新潟市内の書店に立ち寄って、読みたかった文学書を一冊買った。それから映画館に掛かっていた、話題のアクション映画を見た。映画が終わり、映画館を出た時には、だいぶ太陽は西に傾いていた。

「マサトのこと、上司から聞いた。マサトは捜査一課に呼ばれてるんだって？」

「うん、だが、捜査一課に行けるかどうかは、まだ分からない。妙な雲行きになっているんだ」

「妙な雲行きって？」

「横から公安が出てきて、おれに公安に来ないか、といって来たんだ」

「公安？　県警本部の警備部？」

「それが、警察庁の警備局からの引き抜きなんだ」

「マサトは公安向きではないわ。公安って陰険で、狡猾《こうかつ》って感じがする。私は反対だな」

「そうかな。おれは実態を知らないから、興味はあるけど。おれは、何向きだというんだい？」

「そうね。あなたは……」

麻里はじっと誠人の眸《ひとみ》を覗《のぞ》き込んだ。麻里の大きな眸に見つめられると、誠人は胸が高鳴るのを覚えた。慌てて目を逸《そ》らした。麻里は、それを見透かしたように笑った。

「あなたの眸の中には、可愛い女の子が住んでいます。その子を守るために、あなたは警察官になった」

誠人はどきりとした。麻里には、亜美の話はしていない。どうして、麻里はそんなことを知っているのだろう。

「……そうねえ。あなたの進む道は多難ねえ。でも、やりがいはある。あなたは望まれれば、公安刑事の道にも進んで行くことでしょう。でも……」

麻里は言い淀《よど》んだ。

「でも………なんだというんだ？」

「何でもない。気にしないで」

「気にする」

麻里は笑いながら頭を振った。

「私は占い師でもないし、未来を見通すエスパーでもないのよ。なんとなく、あなたのことを心配していっただけ」

「そうか」

誠人はポケットから煙草の箱を取り出し、一本を咥えた。ジッポで火を点けた。煙草の煙を吹き上げた。白い煙は風に散らされて流れて行く。

「ところで、麻里の相談というのは、いったい何なんだ？」

「……実をいうと、健司さんから告白されたの」

「……何て？」

そういってから野暮《やぼ》なことを訊いてしまったな、と誠人は思った。告白といえば、蓮見から好きだといわれたに決まっているではないか。

誠人は急に落ち着かなくなった。煙草を何度も吸って動揺を抑えた。

「私のこと好きだって」

「そうか。蓮見も麻里のことが好きだったのか」

麻里の顔が不意に誠人に向いた。誠人は、思わず顔が赤くなった。誠人は慌ててごまかすように手で煙草の煙を振り払った。

「いいじゃないか。蓮見と付き合うなら、お似合いのカップルだぜ」

「マサトは、私が健司さんと付き合うのに賛成するの？」

麻里は真剣な眼差しで誠人を見た。

「賛成するもしないもないじゃないか。蓮見とおれは友達だぜ。おれは蓮見と麻里が幸せになるなら、いいと思う」

誠人は麻里から視線を外し、無理遣り自分の気持ちを圧し殺した。

「………」麻里は黙った。

「麻里も蓮見が好きなんだろう？」

「嫌いじゃないわ」

「だったら、いいじゃないか。相思相愛《そうしそうあい》なんだから」

「私ね。健司さんと、友達としてなら付き合えるの。だけど、健司さんと一緒にいても、あまり楽しくないんだ」

麻里は沈んでいく夕陽に目をやった。麻里の横顔が寂しげに見えた。

「ぜいたくだな。あんな、いい男いないぜ。それに県警の輝ける希望の星だし」

麻里は誠人を振り向いた。

「あなたは？」

「おれか？　おれはやつにかなわない。成績も実技も、やつの方が上だ」

誠人は自嘲《じちょう》するようにいい、頭を掻いた。

「そんなことないよ。そういうマサトは好きじゃないな」

「…………」

誠人は思わず麻里の顔を見た。麻里は目を逸らし、暗くなっていく海を見ていた。

「県警の上司たちは健司さんとマサトの二人を高く評価している。二人とも準キャリアとして、将来の県警を背負って立つ人材に育てようとしている」

「…………」

誠人は煙草の吸い差しを地べたに押しつけて、火を揉《も》み消した。

誠人は麻里が蓮見健司には「さん」を付け、自分を呼ぶ時はマサトと呼んでいるのに気付いた。

麻里は勢いよく立ち上がった。

「分かった。やっぱりマサトに相談しておいてよかった。気持ちがすっきりした。マサトの気持ちも分かったし。私、帰る」

誠人は慌てて、麻里を見上げた。

「ちょっと待てよ。おれの気持ちが分かったって……」

誠人は焦った。おれの気持ちは麻里に告げてはいないのに。

麻里は海を見ながらいった。

「実は、私、警察庁国際捜査部に出向し、アメリカに派遣されることになったのよ」

「FBIアカデミーかい？」

「でも、私、どうしようかって迷っている」

「どうして迷うことがある。行けばいいではないか？　おれ、応援するぜ」

麻里は返事もせず、遠くを見たまままいった。

「そうしたら、今度は、東京のあるテレビ局から、ニュースキャスターにならないかと誘われているの。これから日本がさらに国際化するので、バイリンガルなキャスターが必要なんだって」

「それも、すごいチャンスじゃないか。…………それで、麻里はどうするつもりなんだ?」

「それもあって、マサトと相談したかったんだ」

そうか、と誠人は思った。

麻里はいま人生の岐路《きろ》に立っていたのか。

一つは蓮見健司を選ぶか、自分を選ぶかという人生の選択。もう一つは、警察官の道を選ぶか、それとも、テレビ・ジャーナリストの道を選ぶか、というこれからのキャリアの選択。

そういえば、麻里は大学でマスコミ・ジャーナリズム論や犯罪心理学を専攻していたといっていた。大学卒業後、現場を踏みたいという気持ちから、新潟県警の試験を受けたとも聞いた。

「でも、もういい。やはり自分の将来の道は自分で決めねばならないんだから。マサト、ありがとう」

麻里はくるりと誠人を振り向いた。

「ありがとうって、おれ、麻里に何も答えていないけど」

「いいの。マサトの気持ちが分かったから」

「え？　何が分かったって？」

「じゃあ。私、帰る。さよなら」

麻里はバッグを肩に掛けると、くるりと踵を返し、有明大橋の方に駆け出した。

「麻里、ちょっと……待てよ」

誠人は慌てて立ち上がった。麻里の黒い影は夜の暗がりに消えて行った。

誠人は麻里に自分も好きだとちゃんと告白すればよかった、と舌打ちをした。蓮見健司に先を越されたのが口惜しかった。

4

「かかれ！」

助教の号令がかかった。

「ウォー」

叫び声とも怒号《どごう》ともとれる喚声《かんせい》が湧き上がった。同時に二手に分かれた隊員たちが双方から突進し、激突した。ヘルメットや防具を叩く音が響き、体育館の天井に響き渡った。

猪狩誠人も白い綿布で分厚く包んだ棒を振るって、容赦《ようしゃ》なく相手のヘルメットや胴に打ち下ろした。相手の隊員も、敵意剥き出しの目で応戦して来る。

いくら分厚い綿布で包んだ警棒とはいえ、生身の軀にあたれば、かなり痛い。ヘルメットや防具を打つように命じられているものの、防具から外れて、籠手《こて》に覆われていない腕とか肩、顎や頬に警棒が当たれば痛打になる。

はじめは敵意がない相手を警棒で殴《なぐ》ったり打ったりすることが出来ず、手を抜いていたが、打ち合ううちに、予想もしない箇所を打たれ、かっとなって打ち返すようになる。

いわば模擬喧嘩《もぎけんか》のようなものだ。

警察官は、いつ何時暴漢や凶悪犯と闘うか分からない。その時、どんな相手であっても怯《ひる》むことなく立ち向かい、警棒で打ち伏せ、制圧しなければならない。そんな時のため、喧嘩慣れさせる。これも訓練のうちだ。

「止めぇえ」

呼び子が鳴り響き、助教の怒声が飛んだ。それでも興奮した隊員の何人かは命令が耳に入らず、警棒を振るい、相手と叩き合っている。

「こらあ、止めといったら、止めんか」

助教たちがまだ夢中で打ち合っている隊員の間に分けて入り、争う隊員の襟首《えりくび》を掴んで、引き離した。

呼び子が鳴った。助教の田沼《たぬま》が叫んだ。

「一対三の格闘戦！　猪狩分隊長前へ」

「はいッ」

猪狩は前に一歩出た。

「木村《きむら》、黒川《くろかわ》……」

続けて田沼助教はつぎつぎと隊員たちの名前を挙げた。名前を呼ばれた隊員たちは返事をし、前に出て猪狩の横に並ぶ。

「以上八名は、一人で三名を相手に対戦する。用意しろ」

田沼の指示で、ほかの助教たちが八名を道場に散らして並べた。

今度は多勢側の三人組のメンバーの名前が呼ばれた。隊員たちが返事をしながら、興奮した面持ちで、それぞれ三人ずつになって、八名の前に並んだ。猪狩の前にも三名の他分隊の隊員たちが集まった。

田沼助教が怒鳴《どな》る。

「いいか。三人組は犯人を制圧逮捕するつもりでやれ。対する一名組は、一人で多数から襲われた場合の対処行動を行なえ。時間は三分間。呼び子が鳴ったら終了だ。いいな」

「おうッ」

猪狩はヘルメットを被り直した。相手となる三人の面々を睨んだ。三人はいずれも、他の分隊隊員だ。日頃、気に食わなく思っている分隊長の猪狩を、この際存分《ぞんぶん》に労《いた》わってやろうぜ、という雰囲気で警棒をしごきながら睨んでいる。

猪狩は深呼吸をし、息を整えた。警棒を床に置いて、素手になった。向かい合った三人の隊員たちは猪狩の様子に怪訝《けげん》な顔をした。

「ようし、かかれ」

呼び子が鳴った。田沼の怒声が響いた。

三人は猪狩を三方から囲むようにし、警棒を振りかざした。

猪狩は正面の隊員の前に立った。正面の隊員は警棒で猪狩を叩こうと足を踏み込んだ。

猪狩は一瞬身をくるりと回転させた。相手の手を取り、打ち込む勢いに乗せて、投げ飛ばした。相手は回転して床に転がった。

驚いた残り二人は慌てて警棒を振るい、左右から猪狩に打ちかかった。

猪狩は左から打ちかかった隊員の手首を掴み、躯を回転させて後ろに回った。流れるような体の動きで、相手の腕を捩《ね》じ上げ投げ飛ばした。同時に右から打ちかかった隊員の胸に手をあて、仰向けに倒した。

三人は板の床に腰や肘《ひじ》、背を打ち付け、転がったまま猪狩を見上げた。一瞬の投げ技に、三人はいったい、何が起こったのか分からずにいた。

「何をしているか。早く起きろ。相手は一人だぞ。何をてこずっているんだ」

田沼助教がにやにや笑いながら、猪狩にも怒鳴るようにいった。

「猪狩、合気道は使うな。警棒で闘え」

「はいッ」

猪狩は足元から警棒を拾い上げた。

田沼助教は柱時計に目をやった。

「もう時間がないぞ。早くかかれ」

「はいッ」「はいッ」

田沼助教の叱咤《しった》に三人は急いで立ち上がり、中腰になって警棒を構えた。

猪狩は素早く相手との間合いを詰め、正面の男の懐に飛び込み、相手を背負う格好になった。両手に持った警棒の柄を相手の鳩尾《みぞおち》に突き入れる。

相手はうっと呻き、猪狩の背中に凭《もた》れるようにして、膝から崩れ落ちた。左右の二人は、しゃにむに猪狩に打ちかかった。

猪狩は身を沈め、警棒を回転させて、二人の脛《すね》に警棒を叩き込んだ。二人は悲鳴を上げ、脛を抱えてしゃがみこんだ。

床に伸びた隊員を座らせ、膝で背中を押して活を入れた。気を失っていた相手は気付いて、目を白黒させている。

三人は完全に戦闘意欲を失った。三人は憤懣《ふんまん》やる方ない面持ちで、のそのそと立ち上がり、どうしようか、と顔を見合わせた。

呼び子が鳴り響いた。

「止めえ。終了だ」

田沼助教が怒鳴った。ほかの助教たちも「止め」「止め」と喚いた。

猪狩はほっと息を吐《つ》いた。相手の三人も力を抜いた。周囲に目をやった。ほとんどの三人組が、相手を組み伏せ、制圧していた。制圧されずに立っているのは、猪狩だけだった。

田沼助教は大声で叫んだ。

「よし。いま闘った組は休んでよし。次の組を呼び上げる」

田沼助教がまた一人ずつ名を呼んだ。

返事とともに、隊員が前に進み出る。

猪狩はヘルメットを脱ぎ、道場の壁ぎわに座った。どっと疲れが押し寄せてくる。躯の節々《ふしぶし》が痛い。いま頃になって打たれた箇所が疼《うず》く。休むと全身から汗が吹き出てくる。

「分隊長、さすがだなあ。合気道をやるんですね。三人が束になってかかっても、分隊長には勝てませんね」

隣に座った部下の石井《いしい》隊員が笑いながら、話し掛けた。

「分隊長だけでしたよ。制圧されずにいたのは」

「運が良かっただけだ」

「二分隊のあいつら、いつも我々一分隊がいい成績なんで、僻《ひが》んでいて、この際だから、分隊長を袋叩きにし、日頃の鬱憤《うっぷん》を晴らそうと目論んでいたらしいんです」

「へえ。そうだったのか」

「それで、あの三人は田沼助教に頼み込み、分隊長の相手にあの三人を選ぶように工作したんです。やつら分隊長をやっかんでいるんですよ。捜査一課から吸い上げられるってことを聞いて」

「しようがない連中だな」

猪狩は笑いながら、部下が持って来たペットボトルの水を飲んだ。残りの水を頭から被った。ひんやりした水の感触が快かった。

何の脈絡《みゃくらく》もなく麻里との会話が脳裏に浮かんだ。麻里は、蓮見健司から告白されたことをおれに告げ、おれの麻里に対する気持ちに探りを入れたのではないか。蓮見のことを健司さんと呼ぶのに、おれのことはマサトと呼んでいた。それは麻里が蓮見健司よりも、おれに親しい気持ちを抱いているからにちがいない。

どうして、おれはあの時、蓮見健司なんぞに遠慮をせず、おれも麻里が好きだといわなかったのだろうか。いまとなっては自分の馬鹿さ加減につくづく愛想《あいそ》が尽きる。

「止め。終了だ」

田沼助教の大声が響いた。呼び子が鳴り響く。

警棒で打ち合っていた隊員たちが、ようやく闘うのを止めた。今度は、どの三人組も、一人を制圧し、押さえ込んでいた。

『……猪狩誠人巡査部長、至急隊長室に出頭してください。くりかえす。猪狩誠人巡査部長、至急隊長室に出頭してください』

校内アナウンスが体育館内に響いていた。

猪狩はタオルで汗を拭いながら、何事か、とスピーカーを見上げた。

田沼助教が大声で猪狩を指差しながらいった。

「猪狩、すぐに隊長室に行け」

「はいッ」

猪狩は勢いよく立ち上がり、駆け足でロッカー室へ向かった。

5

猪狩が隊長室に入ると、隊長の兵頭警視は大机に着いて、書類に目を通していた。

「猪狩誠人、参りました」

「うむ。そこの椅子に座って待て」

兵頭警視は顎で大机の前の椅子を指した。

猪狩は返事をして、椅子に腰を下ろした。

兵頭警視は書類に目を通すと、判子を取り出し、書類の隅の欄に捺印《なついん》した。捺印が終わると、大声で秘書官を呼んだ。飛んできた秘書官に決裁書類を渡した。秘書官は決裁書類の捺印を確かめた後、あたふたと部屋から出て行った。

「おう。猪狩巡査部長、警務部長からおまえに辞令が出た。警察庁に出向だ」

「捜査一課ではなく、警察庁ですか」

「そうだ。それも、緊急の要請だ。秋の人事異動では間に合わないので、即刻上京しろ、という指示が出ている」

「警察庁のどこに出向するのでしょう?」

「さあな。わしは知らん」

兵頭警視はにんまりと笑った。

猪狩は唇《くちびる》を噛《か》んだ。

「猪狩、おまえは警察庁の幹部に、だいぶ気に入られたようだな。名指しで、おまえを呼んだのだからな」

猪狩は真崎理事官の顔が頭に浮かんだ。目をかけてくれるのは、ありがたいことだが、公安に行くのは気乗りがしない。

「ともかく、これからすぐに県警本部の警務課に行って辞令を受け取れ」

「すぐにですか?」

「そうだ。相手は急いでいる」

「はい。分かりました」

猪狩は立ち上がり、腰を斜めに折って敬礼した。兵頭警視は軽く答礼した。

「猪狩、あまり嬉しそうな顔をしとらんな。警察庁に出向するというのは、出世コースだ。警察庁から帰ったら、嫌でも県警本部の幹部に取り立てられる。将来は署長の椅子が約束されたようなものだ。ただし、へまをしなければの話だがな」

「はい」

猪狩はうなずいた。

「では、失礼します」

猪狩はもう一度頭を下げて敬礼し、隊長室から大股で出て行った。


猪狩は県警本部警務部警務課のドアを叩いた。すぐに返事があり、猪狩は歩を進めた。秘書の女性職員が猪狩を廊下の奥の警務課長室へ案内した。女性職員はドアをノックし、猪狩が来たことを告げた。中から「入れ」という声があった。

猪狩は背筋を正し、警務課長の竹内警視の前に立った。竹内警務課長は細い金縁眼鏡《めがね》をかけた細身の男だった。

「猪狩巡査部長、きみは本日付けをもって、新潟県警本部から警察庁への出向を命じる」

竹内警務課長は辞令の紙を差し出した。

「はっ」

猪狩は畏《かしこ》まって両手で辞令の紙を受け取った。

「明日上京し、直《ただ》ちに警察庁警備局の真崎理事官の許《もと》に出頭するように」

「はい。分かりました」

猪狩は内心、やはり真崎理事官の差し金なのだ、と理解した。

「異動の手続きは、こちらがやる。ともあれ、できるだけ早く警察庁に出頭するように」

「分かりました」

「委細《いさい》は真崎理事官から聞けばいい」

「はい」

猪狩は、辞令の紙を丸めて持ち帰ろうとした。

「待て。その辞令は、こちらで預かる」

「はあ？」

「保秘《ほひ》だ。返せ」

竹内警務課長はにやっと笑った。猪狩は辞令の紙を竹内警務課長に返した。

竹内課長はよしとうなずいた。

「いいか。猪狩巡査部長、おまえが新潟県警に在籍したという経歴は秘匿される。表向き、おまえは県警の警察官だったという履歴はないものとされる」

「では、自分はどうなるのですか？」

「警察庁の警備局に出向するということは、県警採用の地方公務員ではなく、警察庁警備局に配属された国家公務員となる。給料も国家公務員としての等級の支払いになる」

「はあ？」

「今後は、きみについての問い合わせがあっても、きみが県警に在籍しているか否かはもちろん、警察庁に異動したこともすべて保秘される。いいな」

「それは、どういうことですか？」

「つまり、きみは幽霊のような存在になる。本籍も現住所も保秘され、表向き、この世に存在しない警察官になる、ということだ」

「はあ？」

「このことは、家族や親兄弟、恋人や連れ合いにも内緒、もちろん、同僚や友人にも一切秘密にしろ。いいな」

猪狩は面食らった。

「詳しくは警察庁警備局の担当官から聞け。私からは、それだけしかいえない」

ドアにノックがあった。

「入れ」

竹内警務課長は用事は終わったとばかりに、大声で返事をした。ドアが開き、決裁書類を手にした部下の警察官が入ってきた。

「猪狩巡査部長、しっかりやれ。県警の顔に泥を塗るような真似《まね》はするな。いいな」

「はい」

猪狩は直立不動の姿勢を取り、挙手の敬礼をした。

6

猪狩はケータイを耳にあてた。

呼び出し音が何度も鳴っているが、麻里は出ない。

猪狩は、呼び出し音が二十回鳴ったところで諦めた。

警察庁に行く前に、麻里の声が聞きたかった。何を話すということもないが、竹内警務課長の話を聞いて、自分が県警に籍がなくなり、幽霊のような存在になるということに、戸惑いを感じていた。

自分は、このまま警察庁に出向していいものかどうか。内心、不安と疑問が渦《うず》巻いていた。自分は、何のために警察官になったのか、あらためて考えていた。

ポケットに仕舞ったケータイに着信があった。猪狩は急いでケータイを取り出した。麻里が折り返し掛けてきたと思った。

「はい。猪狩です」

『おい、猪狩、おまえ、いまどこにいる?』

蓮見健司の声だった。

猪狩は、半《なか》ばがっかりしたが、気を取り直した。

「いま、新幹線の新潟駅ホームだ」

『上から聞いた。おまえ、警察庁に出向するんだって?』

「うん。これから上京し、警察庁に出頭するところだ」

『警察庁のどこに呼ばれた?』

「警備局だ」

『猪狩、だめじゃないか』

蓮見は笑った。

「だめ?」

『おまえ、保秘を忘れたのか。いくら、友達のおれだからといって、警察庁の警備局に出向するという人事は保秘事項だろう?』

「……まあ、それもそうだが」

猪狩は頭を掻いた。竹内警務課長から、警察庁警備局に出向することは、他言無用といわれていた。公安捜査員になる以上、誰にも身元は明らかにしないように、と釘《くぎ》を刺されていた。

『おまえ、先日、麻里と会ったみたいだな』

「うむ」

『麻里はおまえに相談したといっていた』

「まあな」

『おまえ、麻里になんといったんだ？』

「なんといったって……」

猪狩は言葉を濁《にご》した。麻里が蓮見に何といっていたのかが分からない。その内容を知らずにいえば、麻里を傷つけるかも知れない。

「麻里はおまえになんといったんだ？」

『おれは麻里に振られたよ。おれと付き合うのは、しばらく考えさせてくれってな』

振られた？　猪狩はほっと安堵《あんど》した。だが、麻里がおれのことを選んだということでもない、と思い直した。

「そうか。そんなことを麻里はいったのか。おれは、おまえと麻里が付き合うのに賛成だといったんだがな」

『なんだ、おまえも麻里が好きだといったのかと思ったが、そうじゃなかったのか』

「ははは。おれも麻里が好きだが、あくまで友達としてだ。それ以上じゃない」

猪狩はそういいながら、自分の心になぜ嘘をつくのか、と自分に腹を立てた。

『それを聞いて安心した』

「なぜ、そんなことを心配する？」

『おまえが恋敵だと思っていたんだ』

「馬鹿馬鹿しい。おれたちは友達だろう？」

猪狩は、正直になれない自分を唾棄《だき》しながらいった。

『そうだよな。俺も馬鹿だな。おまえと麻里の仲を疑ったりして』

蓮見健司の声がいくぶんか元気になったように思った。

『ところで、猪狩、俺も警務部長から呼ばれたよ。松原《まつばら》捜査二課長が一緒にいて、おれを捜査二課に引き抜きたい、とな』

「それは、いい話じゃないか？」

捜査一課は、殺人や強盗、強姦など凶悪犯を追うのに対して、捜査二課は、汚職や詐欺など知能犯を追うセクションである。国政選挙がらみの違反事案も追う部局なので、捜査二課長もエリートのキャリアの定席となっている。県警では本部長、警務部長、警備部長と並び、捜査二課長は、警察庁人事で常時キャリア官僚が就いていた。新井警務部長と松原捜査二課長は先輩後輩の関係にある。

　新井警務部長、松原捜査二課長の覚えがよければ、将来、県警の上級幹部に取り立てられることが約束されたようなものだ。

『まあな。だが、おれはこれで満足するつもりはないんだ。おれ、近いうちに、準キャリア試験を受けようかと思っている。やはり、おれは叩き上げの道は向いていないように思って来た』

「そうか。健司が準キャリア試験を受けるのに、おれは賛成だな。おまえ、上級試験を受けていたら、きっと受かっていたと思う」

『ははは。もっとも、キャリアになっていたら、警察庁なんかに入らず、財務省か法務省を選んでいただろうがな。そうしたら、おまえにも麻里にも会うことがなく、お互い見知らぬ他人で生きていくことになっていたろうがね』

　駅のアナウンスが、まもなく東京行き新幹線『とき』が発車すると告げた。

「そろそろ、発車だ。これで切るぞ」

『猪狩、きばれ。おれが応援している。きっと麻里も応援していると思う』

「ありがとう。麻里に、よろしくといってくれ」

『分かった。麻里に猪狩からの伝言を伝えておく』

通話が切れた。猪狩はキャスター付きギアバッグを引きながら、車内に乗り込んだ。車内は東京へ帰る観光客でごった返していた。猪狩はギアバッグを転がしながら、自分の座席を探して通路を歩き出した。

座席番号は12E。二人掛け席の窓側の席だ。5番の席まで来た時、声がかかった。

「マサト、ここ、ここ」

12番の席から、白いワンピース姿の麻里が立って手を振っていた。

「え、麻里、どうして？」

猪狩は一瞬目を疑った。

「サプライズ！　早く早くこっちに」

麻里に急《せ》かされ、猪狩は12番の席に着いた。麻里は窓側の席に座っている。ミニテーブルに、新潟特産の「鮭の焼漬」駅弁が二人分載っていた。

「どうして、この席が取れた？」

猪狩はギアバッグを棚に載せながら訊いた。

「総務の人が切符を予約した時、私の分も一緒に、とお願いしたのよ」

猪狩は驚きながら、通路側の席に腰を下ろした。麻里は形式的に交番勤務をした後、県警本部の警務部に引き抜かれ、監察官室に勤務していた。調べようと思えば、猪狩の行動などは、いくらでも調べることが出来る。

「いい？　私、窓側の席が好きなの」

「どうぞ、どうぞ」

猪狩は麻里がややややつれた顔をしているように思った。

「マサトの分も買っておいた。どうせ、お昼の用意してないでしょう？」

「うん。ありがとう」

猪狩は麻里に礼をいった。背広の内ポケットから財布を取り出した。

「いいの。これ、私の奢《おご》りだから」

「だけど」

「この前、相談に乗ってくれたお礼」

「……でも」

「いいから、いいから。遠慮しないで。これ先行投資。後で、マサトからレストランで豪華なディナーをご馳走になるから」

麻里はにっこりと笑った。猪狩は笑いながら、「じゃあ、ご馳走になります」といい、頭を下げた。

「まあ、他人行儀ね。マサト、いつものように、ごっつあん、といえばいいのに」

麻里は用意したお茶のペットボトルを猪狩に渡した。

「分かった。ごっつあんです」

「そうそう。それが、私のマサトだわ」

新幹線の列車は、いつの間にか動き出していた。猪狩はペットボトルの蓋《ふた》を取り、喉《のど》を潤《うるお》した。

「ところで、麻里は、どうして上京するんだい？」

「就活。さあ、マサト、食べよう」

麻里は駅弁の包みを開け、中身を覗いた。

「まあおいしそう」

「就活って？　例のテレビ局の話かい？」

「それもあるけど、今回は、マサトと同じところから、呼ばれているの」

「同じところって……」

麻里は赤い唇に指を立てた。警察庁の名前は出すなということなのだろう。

「研修派遣の手続きをするためよ。さあ、マサトも、食べよ食べよ」

麻里は猪狩の弁当の包みも甲斐甲斐しく開けた。

「じゃあ、決めたんだ。研修を受けに行くって」

「まだ、そうじゃないの。研修派遣には、いろいろ条件があるの。それを話しに行くだけ。それから、行くか行かないかを決めるつもり」

麻里は大きな口を開け、鮭の焼漬の一切れとともに白いご飯を頰張った。もぐもぐとご飯を嚙みながら、大きな眸で猪狩を見つめた。

猪狩は慌てて目を逸らし、ご飯の一塊を箸《はし》で摘《つま》んで口に入れた。鮭の甘塩っぱい味が舌に拡がった。

「おいしい？」

「うん。旨い」猪狩はうなずいた。

「ね、マサト、私たち、新婚さんみたいね」

「よせやい」

猪狩は慌てて周囲に目をやった。隣席の中国人らしい夫婦と女の子が猪狩と麻里に優しい視線を向けていた。

麻里はにっこりと笑い、夫婦と女の子に手を振って挨拶《あいさつ》した。猪狩はろくに嚙みもせず、ご飯を飲み込んだ。喉に詰まりそうになり、急いでお茶で胃に流し込んだ。

7

ホテルグランドアーク半蔵門《はんぞうもん》は、皇居の半蔵門側の高台に建つ警察ご用達《ようたし》の宿泊施設でもある。警察庁や警視庁にも近い。

猪狩は麻里と別れて、ホテルグランドアーク半蔵門にチェックインした。麻里は実家に泊まるといっていた。部屋で制服に着替え、早速に警察庁へと向かった。

警察庁は警視庁ビルに隣接する中央合同庁舎第二号館にある。猪狩はロビーにある受付で所定の手続きをし、入館証を受け取り、首から下げた。

エレベーターで四階に上がり、警備局警備総務課のドアを押した。にこやかな笑顔の女性職員が猪狩に応対し、しばらく控え室で待つようにといって姿を消した。

窓からは青空を映《うつ》した皇居のお堀が見えた。緑の樹林の間に皇居の屋根の甍《いらか》が見える。

十分も待たぬうちに、ドアにノックがあり、猪狩はソファから立ち上がった。

「おう。お待たせした」

入ってきたのは、予想通り、理事官の真崎警視正だった。背後から顔に見覚えのあるスーツ姿の刑事が入って来た。

「座れ」

真崎理事官は向かい側のソファに座った。猪狩はソファに座る。真崎理事官はすかさずいった。

「猪狩、きみは以前、この男に会ったことがあるな」

「はい。警視庁公安部管理官の舘野警視どのです」

猪狩は即座に答えた。

舘野が満足そうにうなずいた。

「そうだ。舘野忠雄《ただお》だ」

「猪狩、きみは舘野班に配属される。ただし、試験をパスしてのことだが」

「はい」

「きみは新人も新人だ。その公安臭さがないところがいい。舘野管理官、そうだな」

「はい。理事官、しかし、うちの班に入るには、それなりの教育が必要です。こいつが生き延びるためにも、かなりきつく教育せねばなりません」

「そうだな」

真崎理事官はにんまりと笑った。

「どのくらいかかるか？」

「三ヵ月はみっちりと訓練しないと。それで、向いているかどうかを見極めます」

「いいだろう。猪狩、きみには、まず警視庁の公安捜査講習を受けてもらう。県警の刑事捜査講習よりも、だいぶきついぞ」

「はい。いつからでしょう？」

真崎理事官は舘野に目をやった。舘野はぶっきらぼうにいった。

「明日から府中《ふちゅう》ではじめる。ほかにも候補がいるので」

真崎理事官はうなずいた。

「よし。そうしてくれ。猪狩、今夜のうちに府中の寮に移れ」

「府中の寮ですか？」

猪狩は訝《いぶか》った。舘野管理官が無愛想《ぶあいそう》にいった。

「京王《けいおう》線で新宿《しんじゅく》駅から飛田給《とびたきゅう》駅に行く。そこからバスで府中警察学校前に行け。正門を入れば、管理棟がある。そこで、辞令を見せて手続きすれば、入校だ」

「自分の辞令は県警警務課に預けてあります」

「その辞令書ではない」

真崎理事官はテーブルの上に、一枚の紙を差し出した。その紙には、辞令という文字があり、猪狩誠人の名前と階級が書かれてあった。
「本日付けをもって警察庁警備局総務企画課付きを命じる」とあった。
末尾に「警察庁警備局理事官警視正　真崎武郎《たけろう》」という署名がしてあった。

第四章　マル対を追え

1

　猪狩誠人は、その日のうちに半蔵門のホテルを引き払い、府中の警視庁警察学校に出頭した。警察学校は警察大学と隣接しており、向かい側に調布《ちょうふ》飛行場が拡がっていた。警察大学のさらに隣には、東京外国語大学のキャンパスがあった。

　警察学校のビルの中には、学校に通う警察官のための宿泊施設が併設されており、猪狩は総務課の受付で手続きすると、すぐにその施設に「入寮」することになった。

　部屋は二人部屋で、二段ベッドが設《しつら》えられてあったが、相方の姿はなかった。猪狩は食堂で、大勢の受講生たちに混じって、夕食を摂《と》るとともに、大浴場に入った。部屋に落ち着いた時、麻里に電話をする約束だったことを思い出した。半蔵門界隈《かいわい》のレストランで、夕食をしようとなっていた。

パジャマに着替え、ベッドに横たわり、ケータイを取り出して、麻里の電話番号にダイヤルした。ケータイを耳にあてると、呼び出し音が鳴り響いた。

だが、いつまで経《た》っても、麻里が出る気配がなかった。代わりに留守番電話機能が働き、猪狩に伝言を入れるように促した。

猪狩は電話でもメールでもいい、返事がほしいと留守電に吹き込んだ。ベッドに仰向けに寝そべり、夜の気配に耳を澄ました。遠くから車の走る音やエンジン音、電車の轟音《ごうおん》など、都会の騒《ざわ》めきが伝わって来る。

麻里のことを考えているうちに、猪狩はいつしか深い眠りに陥っていた。


公安捜査講習の教室には、猪狩を含めて四十人ほどの受講生たちが制服姿で集まっていた。女性の受講生も五人混じっている。階級は巡査部長、巡査長、巡査とまちまちだった。

教室は三階にあった。教室の正面にある白板に向かって、左側は一面、窓になっており、隣の警察大学のビルや運動場が見えた。反対の右側は窓はなく、漆喰《しっくい》の白壁になっている。前と後ろに出入口のドアがあった。

教室の天井には、プロジェクター装置が取り付けてあり、正面の白板に映像を投射できるようになっていた。天井の左隅に監視カメラが設置されていた。きっと、どこかに隠しマイクもあるに違いない。

教室には机と椅子が四十人分用意されてあった。机の上に1番から40番まで、番号札が貼られている。それぞれの机には、番号が付けられた茶封筒、教科書、ノート、ボールペンの一式が置かれていた。

猪狩は、予《あらかじ》め総務課から指定された1番の札の席に着いた。最前列の左端の席だ。教室の中では、会話が禁止されていたので、みんな落ち着かず、そわそわと隣や周囲の受講生を見回している。

定刻の午前九時、教室のドアが開き、白衣を着込んだ教官が入って来た。同時に背後のドアが開き、助教らしい男たちが数人入室した。

「起立！」

助教の一人が鋭《するど》い声で号令をかけた。

四十人は一斉に椅子を鳴らして立ち上がった。

「敬礼！」の声に全員、腰を斜めに折って、教官に姿勢正しく敬礼する。

「着席」

受講生たちはほっとして椅子に腰を下ろした。

白板の前に立った白衣の教官は、近眼鏡のレンズを光らせ、受講生たちをじろりと見回した。教官は痩身《そうしん》でやや猫背、頰がこけた不健康そうな顔をしている。年齢は五十代と思われる。

「私は主任教官の鮎川直史《あゆかわなおふみ》だ。本日より三ヵ月間、おまえたちの指導教官を務める。おまえらには、みっちりと座学をやり、実地の訓練をしてもらう。なお、おまえたちは、ここでは、階級に関係なく、駆け出しの新米捜査員だ。教官、助教の命令には絶対服従だ。いいな」

「はいッ」全員が勢い込んで答えた。

鮎川教官は頰を歪《ゆが》めてにやっと笑った。

「元気があってよろしい。講習開始の前に、いくつか、注意事項がある。一つ、個人のケータイ、スマホは講習が終わるまで、教官が預かる。机に置いてある茶封筒に、現在所持しているケータイ、スマホを入れて助教に手渡せ。助教が引き替えに預かり証の番号札を渡す」

受講生たちは騒ついた。猪狩は制服のポケットからケータイを取り出し、1番と大書された茶封筒に入れた。

「いまケータイやスマホを所持しておらず、部屋に置いて来た者は、この後、部屋に戻って助教に提出しろ。なお、校舎内にある公衆電話やパソコンの使用も禁止する。手紙を出すのも禁止だ。原則、外部との接触は、すべて禁止だと思え」

受講生たちはどよめいた。鮎川教官はにんまりと顔を歪めて笑った。

「懲役三ヵ月で、ムショに入れられたと思い、娑婆《しゃば》との縁を切れ。これも公安研修の一環だ。家族、女房、恋人、友人、誰とも連絡を断つ。わずか三ヵ月ぐらいなら我慢出来るだろう」

受講生たちは騒めいた。

鮎川教官は声のトーンを上げた。

「二つ目の注意事項。特別な許可なく、外出は禁止する」

「土日、休日も、外出できないのですか？」

猪狩は思わず訊いた。鮎川教官はじろりと猪狩を見た。

「当たり前だ。ムショに入った者が、土日だからといって、自由に娑婆に出入りできると思うのか？」

猪狩は参ったな、と思った。家族との連絡はしないでもなんとかなるが、麻里とは連絡を取りたかった。東京にいる間に、土日にでも一緒に夕食を摂ろうと約束していた。

「三つ目の注意事項。受講生は本日より、三ヵ月、番号で呼び合え。自分の身元については保秘。ここでは、受講生同士といえども、仲良くするな。もし、互いに親しくなっても、身元は保秘だ。いいな」

受講生たちの中には、すでに出身地や名前を名乗り合った者もいて動揺が走った。

「なお、三ヵ月経たずとも、我々から見て、公安捜査員として不適任と見た者は、直《ただ》ちに帰って貰《もら》う。先の禁止事項を破った者は、即退場だ。いいな」

鮎川教官は受講生たちをじろりとねめまわした。受講生たちは一様《いちよう》に戸惑った顔をしていた。

「返事は、どうした？」

鮎川教官は怒鳴《どな》った。

「はいッ」

受講生たちは、また一斉に返事をした。

鮎川教官は満足気にうなずいた。

「なによりもまず、体力が基礎だ。おまえたちを見ると、だいぶ日常勤務でたるんでいるようだ。これより、全員、直ちにグランドに出て、十周全力疾走して来い」

「ええ？」「まさか」「制服のままで？」

受講生たちは口々にいった。

四百メートルのグラウンド十周は、四キロ走である。

鮎川教官は怒鳴り声を上げた。

「馬鹿野郎！　ホシを追い掛けるのに、制服を着替えてからなどという警官がいるか？」

受講生たちは総立ちになった。

助教たちが大声で急《せ》かした。

「出ろ出ろ。階段を駆け下り、グラウンドに集合しろ！」

猪狩も弾かれたように立ち、他の受講生たちと一緒に廊下に飛び出した。

かくして、三ヵ月の公安捜査講習の第一日目は始まった。

2

公安捜査講習の最初の一ヵ月は、座学が主だったが、同時並行で技術の習得訓練、銃器の操作習得訓練、武術の訓練、体力作りの運動が行なわれ、連日、軀を休める暇もなかった。その厳しさは、県警警察学校での機動隊訓練や刑事捜査講習での実習よりもはるかに苛酷《かこく》なものだった。

座学では、公安外事講習として、アメリカのＣＩＡやイギリスのＭＩ６、中国の国家安全部、ロシアのＦＳＢ（連邦保安局）やＧＲＵ（参謀本部情報総局）、韓国の国家情報院など海外の諜報《ちょうほう》機関の実態、最近の国内外での公安事件、過去の諜報事件の歴史などを学習した。さらに、国内公安捜査専科講習として、日本の左翼団体、右翼団体、過激派集団、カルト宗教団体などの実態についての講義もあった。

技術習得とは、旧陸軍中野《なかの》学校で開発された諜報技術を学び、実地に習熟訓練をすることだった。

それは「尾行」「行確《こうかく》」「観察」「秘撮」「秘聴」「点検」「基調」などの作業、「解錠」「開封」など非合法捜査方法、さらに「秘匿方法」「暗号通信」「秘匿伝達」「暗号解読」など、多岐《たき》にわたる諜報技術の研究と習得だった。

座学ではメモを取らず、頭で覚えるようにいわれる。ノートを取る場合も、持ち帰りは出来ず、教科書とともに教室に残さねばならない。

日曜日になると、外出は禁止されているから出られないが、そもそも外出する意欲もなくなっていた。ひたすらベッドに入って軀を休め、頭の休養を取るのが楽しみとなっていた。

お互いに番号で呼び合う生活も、すぐに慣れた。互いに年令はもちろん、出身地、経歴もいっさいが保秘だ。だが、方言や言葉使いから、相手の出身地を推測したり、相手の性格や癖や特徴を把握する訓練にもなった。

公安捜査講習の二ヵ月目に入ると、受講生はばらばらになり、各地の所轄署の現場に派遣された。そこで現役の公安刑事に同行し、実際に内偵《ないてい》中の捜査対象者を尾行したり、行確（行動確認）を行なった。

猪狩が派遣された先は麻布《あざぶ》警察署だった。すぐに猪狩はマル対（捜査対象）の監視を命じられ、現役の公安刑事とマル対夫婦の家の近くに張り込んだ。

二十四時間、マル対が家で何をしているか、その一挙手一投足を監視し、ノートに記録した。家の居間や寝室に、盗聴マイクやカメラが仕掛けてあり、マル対の家族のプライバシーは完全になく、マル対の行動や言動は、すべて監視者に筒《つつ》抜けだった。

猪狩には、マル対がいったい何の容疑で監視対象になっているのかは分からない。指導の公安刑事からの説明はなかった。

猪狩は違法行為ではないかと不安になり、指導の公安刑事に尋ねると、余計なことは考えるな、おまえはただ命じられたことをやればいいのだ、といわれるだけだった。

監視は一週間ほど続き、猪狩は別の受講生と交替し、次に本富士《もとふじ》署に派遣された。そこでは、指導教官から東大本郷《ほんごう》キャンパスに学生になりすまして潜《もぐ》り込み、左翼のサークル部員と親しくなって友達になれと指示された。もちろん、警察官である身分は秘匿《ひとく》しての友達作りである。

　二週間、偽《にせ》学生として大学に通ううちに、猪狩は心ならずも、男女三人の友人を獲得するのに成功した。男子学生二人は過激派の党派のメンバーだったが、居酒屋で何度か酒を飲むうちに懇意《こんい》になった。

　猪狩は彼らが属する党派については、機関紙やビラを貰う程度で、何も聞き出すことはしなかった。

　女子学生は、どこの党派にも属していないが、やや左派的なリベラルな思想の持ち主で、貧困層の生活救援のボランティア活動をしていた。猪狩は大学図書館で彼女と知り合い、文学について意見を交《か》わす間に、親しくなった。

　しかし、彼女が次第に猪狩に好意を寄せる気配が見えたので、ある時、猪狩はさりげなく自分には恋人がいると嘘をいい、それ以上二人の間が深くならないように一線を引いた。

　指導教官は、猪狩の報告に「甘いな」と不満げな顔をしたが、一応合格点をつけてくれた。

三ヵ月目。

猪狩は鮎川教官から、単独での追尾（尾行）訓練を命じられた。

夕刻、猪狩は車で指導教官に連れられ、新橋《しんばし》に向かった。車中でポリスモード（刑事専用のスマホ）のディスプレイに映し出された、マル対の顔写真を見せられ、尾行・観察するようにいわれた。マル対は綺麗《きれい》な顔立ちをした、清楚《せいそ》で真面目そうな印象の若い女性だった。外見では、何かの犯罪に関係するマル被（被疑者）には見えなかった。

マル対の名前は、飯島舞衣《いいじままい》。二十六歳。未婚で独身。某私立大学卒。広告代理店勤務。システム・エンジニア。それ以外は不明。

画像は飯島舞衣の顔写真、彼女が同僚と歩いている写真、コーヒー店でひとり物憂《ものう》くコーヒーを飲んでいる姿のスナップ写真だった。猪狩は画像を見つめ、頭に焼き付けた。

「あとは、おまえが調べろ。そして、分かったことは、逐一《ちくいち》報告しろ」

「教官、マル対の容疑は何なのですか？」

「……訊いてどうする？　おまえは命じられたことを忠実に実行すればいい」

教官は呆《あき》れた顔になった。

「しかし、なぜ、彼女を尾行し、観察する必要があるのか、理由が分からないと、どうもモチベーションが上がらないんです」

教官は笑った。

「しょうがないやつだな。女は、ああ見えても、テロ支援組織の一員だ。女を泳がせ、接触する仲間を浮かび上がらせる。それが、おまえの任務だ」

「テロ支援組織といっても、どのようなテロリストの支援組織なのですか？　過激派、それとも、北朝鮮、中国の秘密工作員とかの……」

「それを調べるのが、おまえの仕事だ。マル対の背後に誰がいるのか？　そうやって、テロが発生する前に調べておいて、いざとなったら、一網打尽《いちもうだじん》にして未然に防ぐ。そのために、内偵する必要があるんだ」

教官は、それ以上は訊くな、という顔をした。猪狩はうなずいた。

「分かりました」

「今回は訓練ではない。本番だ。マル対を徹底尾行し、ヤサを特定するところから始めろ。絶対に気付《ヅ》かれぬように、女の日常生活のすべてを把握する。毎日、どこで何を買い、誰に会い、誰と連絡を取るのか、すべてを調べ上げろ」

「はい」

マル対の普通の日常生活のサイクルを把握する。そうしておくと、通常ではない行動がすぐに見える。マル対の行動を確認する上での基本だった。

「随時、インカムで私に状況を知らせろ」

「了解です」

「今回は支援や応援は、いっさい付かない。なにごともおまえ一人で対処する。いいな」

「はい」

「それから、もし、マル対の身に何か異常なことが起こっても、絶対におまえは手を出すな。おまえの身をマル対の前に曝《さら》け出すようなことはするな。おまえは彼女にとって存在しない人間だ。いわば、背後霊みたいなものだ。何もせず、何もいわず、じっと観察だけをする。いいな」

「はい。分かりました」

車は、JR新橋駅銀座《ぎんざ》口の前を通り過ぎ、ガード下で停まった。教官は猪狩にいった。

「まもなくマル対は会社を出て来る。駅前で、マル対が通りかかるのを待つ」

「はい」

ガードの上を電車が通過した。喧《やかま》しい騒音が頭上で鳴り響いた。

教官は耳に嵌《は》めたイヤフォンに手をやりながら、スーツの袖につけたマイクロ・マイクに口を寄せ、何事かを囁いている。

「マル対が会社を出た。駅の銀座口に向かっている。約三分後、銀座口前の交差点に差し掛かる」

　猪狩は教官とともに車から降りた。

「ここからは、おまえひとりだ」

「はい」

　教官はイヤフォンを手で押さえ、袖口のマイクに「了解」といった。

　猪狩は捜査専科講習で、徹底的に叩き込まれた尾行要領を思い浮かべた。

　マル対の目印となる軀や衣類の特徴を摑む。

　マル対と常に適当な距離を保つ。相手にヅかれぬよう、自然な振る舞いをする。

　マル対に注意するあまり、目立った行動は取らない。

　不意を突かれても慌てない。相手が急に立ち止まったり、方向転換をしたり、逃げるふりをしても、それに引っ掛からない。

　止むを得ず、マル対より先行する場合になっても、落ち着いて、相手を見失わないようにする。等々だ。

「マル対が来た」

　教官は交差点の向かい側の舗道に顎をしゃくった。

　舗道に黒いリクルートスーツ姿のマル対の女が立っていた。小脇にバッグを抱えている。写真で見るよりも、実物の方がはるかに美人だと猪狩は思った。

赤信号が青に変わり、人が渡りはじめた。スーツ姿の女も人の波に混じって、足早にこちらに歩いて来る。

教官は猪狩に目配せすると、そっと猪狩から離れ、車に戻って乗り込んだ。

猪狩は踵《きびす》を返し、売店の前で新聞を買うふりをして、マル対の女が背後を通り過ぎるのを待った。振り向くと、マル対は大勢の人波に紛れ、ＪＲ新橋駅の改札口に向かって歩いて行く。

マル対の背を目の端に留めながら、ゆっくりと後をつけはじめた。

『尾行する相手を決して注視するな。相手にヅかれる。目の端で所在をぼんやりと捉え、常に相手の次の行動を推測して動け』

教官の尾行要領の注意が頭を過る。

マル対の女は後ろ姿も若々しく、魅力的な体付きをしている。タイトなパンツがぴったりと身についていて、軀の線を浮かび上がらせている。

『敵は後ろにも目があると思え。後ろについているので相手から見えないと油断するな。敵はショーウインドウを鏡代わりにして背後を点検する』

教官の叱咤が聞こえる。

点検というのは公安警察用語で尾行者がいないかを確かめる作業をいう。見るなといわれると、なおさら、目を向けたくなる。猪狩からは彼女の後ろ姿しか見えないが、誰かテレビで見た美人のタレントに似ているように思った。彼女とすれ違う男たちも、必ずちらりと振り返って彼女のことを見ていた。

猪狩は立ち止まり、周囲を見回した。自分のことを見ている者はいないかを確かめた。得てして、尾行者は相手を追尾することばかりに気を取られ、周囲に対する警戒心が疎《おろそ》かになる。尾行者自身のガードはがら空きになり、他人から見ると尾行していることが丸分かりになる。

マル対の女は改札口に入ろうとして、突然に足を止め、向きを変えた。後に続いた女性がマル対にぶつかりそうになり、マル対は済みませんと頭を下げた。

点検している？

猪狩は警戒した。

さりげなく柱の陰に入って、マル対の女の視界から逃れた。柱に寄り掛かり、人待ち顔で、何気なしに人の流れを見る。右の目の端にマル対の姿が現われ、目の前を通り過ぎた。駅の汐留《しおどめ》口に向かった。

マル対はいつの間にかケータイを取り出し、耳にあてて誰かと話をしている。

誰かとどこかで待ち合わせる。猪狩はそう読んで、彼女とはかなりの距離をあけて尾行をはじめた。

マル対は汐留側のガードを潜り、烏森《からすもり》口側に抜けようとしている。その先は、新橋三丁目の飲み屋街が拡がっている。

予想通り、マル対はガードを潜《くぐ》り抜けると、信号が青になった横断歩道を渡り、飲み屋街の通りに入って行った。猪狩も、ゆっくりとサラリーマンたちの群れに混じって、通りを渡った。

マル対は通りを少し行った先の居酒屋風な店に入った。食事処『もこもこ』という看板が店の前に立っている。

猪狩はゆっくり歩きながら、店の前を通り過ぎ、店内を覗いた。マル対は三人の女たちに迎えられ、入り口近くのボックス席に座るところだった。すでにテーブルの上に、三つの空《から》のジョッキが並んでいた。女たちは男性店員に手を上げ、生ビールのジョッキを注文している。

店内は勤め帰りのサラリーウーマンたちで賑わっていた。圧倒的に女性が多く、男の客の姿はちらほらとしかなかった。『もこもこ』は女性に人気の店らしい。

「1834。マル対、食事処『もこもこ』入店。三人の女たちと合流。女子会をはじめる」

襟元のマイクに囁《ささや》いた。

『了解。合流した三人について人相を記憶しておけ』

「了解」

猪狩はいったん店の前を通り過ぎてから、また戻った。マル対たちの女子会はビールの乾杯から始まっている。

猪狩は『もこもこ』の斜向《はす》かいにある焼き鳥屋の暖簾《のれん》を潜った。

「らっしゃい」

頭に手拭いを捻《ねじ》り鉢巻きにした主人が鳥肉の串を炭火で焼いていた。猪狩はカウンターの空き席に座った。そこからだと、目の端で『もこもこ』の店先を見ることが出来る。

猪狩は黒ホッピーを頼み、焼き鳥を何本か注文した。女子会はすぐには終わらないと覚悟を決めた。マル対が店から出てくるのを店のテレビでも観ながら待つしかない。

テレビでは、巨人対ベイスターズのナイトゲームが流れていた。客のほとんどは巨人ファンで、巨人が点を入れる度《たび》に歓声を上げる。

猪狩は野球については、どこのファンでもなかったが、観戦するのは嫌いではない。巨人の最終回の攻撃が始まるころになって、ようやくマル対と女友達が『もこもこ』から出てくるのが見えた。

猪狩は店の主人に「勘定《かんじょう》」といった。主人は「まいど、ありがとうさん」といい、手伝いの女に精算するようにいった。主人は客たちと一緒に、バッターボックスに立った巨人の選手を応援している。

レジの前で手伝いの女にお金を払い、マル対の様子に目をやった。マル対は女友達と賑やかに笑いさざめきながら、新橋駅の烏森口の方角に歩いて行く。

猪狩はマル対に気付かれないよう、十分に間隔をあけて尾行を再開した。女友達三人の写真を撮りたかったが、ケータイは取り上げられていた。三人の特徴だけを目の奥に焼き付けた。

一人は背が高くて痩せた体付きの女で、細面《ほそおもて》のキツネ顔だったので「キツネ」と命名した。マル対と腕を組んだ小太りの女は、愛らしいタヌキ顔だったので「タヌキ」、さらに、三人目のふさふさした髪のおとなしそうな女は「ヒツジ」と名付けた。いずれも忘れぬために印象でつけた愛称である。

マル対は終始楽しそうだった。新橋駅烏森口で、ヒツジがほかの三人と別れた。どうやら、地下鉄銀座線に乗るらしい。

マル対とキツネ、タヌキは一緒に改札口に入って行った。階段のところで、タヌキが別れて、上野《うえの》方面行きのホームへ。マル対とキツネは、品川《しながわ》、新宿方面行きの電車のホームへ上がった。

ホームで二人は入ってきた山手線外回りの電車に乗り込んだ。猪狩は一両後の車両に乗り込み、マル対とキツネの様子をさりげなく窺《うかが》った。ひとつだけ空いた席を、キツネとマル対が譲り合い、結局、キツネが席に腰を下ろした。マル対は吊り革につかまり、しきりにキツネと話をしている。

品川駅のホームに電車が入ると、マル対はちらりと振り向き、駅を確認した。ついでキツネに手を上げ、降りる気配を示した。猪狩も電車の出入口に立ち、電車が停車して、ドアが開くと同時に外に出た。

京浜東北《けいひんとうほく》線の電車を待つ客たちに混じって並ぶ。目の端に、マル対が人混みの後ろに立つのを確認した。

電車が入って来て、猪狩は人に押されるようにして電車に乗り込んだ。乗るとすぐに出入口に立ち、マル対の動きを目の端に捉えた。彼女は隣の出入口から車内に入り、中程に進んだ。吊り革に摑まり、片手でスマホを操作しはじめた。

猪狩は窓ガラスに映ったマル対を観察した。

あらためて彼女が美形なのを感じた。周りの男たちも、時折視線を向けている。

猪狩は窓の外を流れる夜景に目をやった。

大井町《おおいまち》、大森《おおもり》を過ぎ、電車は蒲田《かまた》駅のホームに滑り込んで行く。マル対が顔を上げた。降りる、と分かった。猪狩も降りる準備をした。

電車が停まり、ドアが開いた。マル対はスマホをバッグに入れ、ホームに降りた。階段に向かって歩き出す。猪狩は数人を置いて、後についた。

マル対はエスカレーターに乗った。二階の中央改札口から出ると、コンコースを西口に向かった。すぐに左手に曲がり、東急《とうきゅう》線の改札口に向かった。

東急池上《いけがみ》線と東急多摩川《たまがわ》線のどちらに乗るのか？　猪狩はマル対に悟られぬよう、わざと歩調を落として歩いた。マル対は改札口にスマホをかざし、駅内に入って行った。

猪狩はスイカで改札口を抜けた。

マル対は多摩川線の三両編成の電車の最後尾に乗り込んだ。猪狩はマル対を追い越し、二両目の車両に乗り込んだ。出入口近くに立ち、隣の車両のマル対を目の端で捉えて、様子を窺った。

マル対は沼部《ぬまべ》駅で電車を降りた。乗降客はだいぶ少なくなっている。猪狩はやや遅れて電車から降りた。マル対は改札口から出て行く。猪狩はゆっくりとした足取りで後に続いた。

駅前には、多摩川の黒い流れと河川敷が拡がっていた。多摩川線と交差するようにJR横須賀《よこすか》線の高架線が横切っている。

マル対は多摩川線沿いの道を蒲田方面に戻るように歩き出した。何人かの会社員の姿があるが、人通りは少ない。右手に高校のグラウンドがあったが、夜十時過ぎとあって、生徒たちの姿はなく、暗く静まり返っている。街灯の明かりが道路を照らしている。

猪狩はマル対と百メートルほど間を開け、見失わないように慎重に歩く。都合がいいことに猪狩とマル対との間には、親子連れと、帰宅途中の会社員二人の人影があった。

マル対は道路を左に曲がり、中層のマンションの玄関に消えた。猪狩は、すぐには後を追わず、マル対が入ったマンションを見上げた。しばらくして五階の東端の窓のひとつに明かりが点いた。五階の東端の角部屋にマル対が住んでいると見当《けんとう》をつけた。

猪狩はマンションの玄関先に立った。

マンション名は『メゾン多摩川』。玄関脇の壁に郵便受けがずらりと並んでいる。501の郵便受けの名札に「飯島」とあった。

玄関のドアはオートロック式で、鍵を持ったマンションの住民しか出入りできない。玄関のガラス戸越しに、ロビーの中を見た。天井に防犯カメラが設置してある。

猪狩はそっとドアから離れた。

その日の尾行は終わった。部屋を突き止めたのが、その日の収穫だった。

3

翌朝から、飯島舞衣が勤務する広告代理店『ＫＯＵＫＡＩ』のオフィスビルの近くで張り込みを開始した。受付の女性から飯島舞衣が広告企画制作部のコーディネーターであることを聞き出してある。広告企画制作部は三階フロアにあった。

斜め向かいにある喫茶室の二階の席から、オフィスビルの出入口が目視できる。

猪狩は喫茶室の二階の窓側の席に陣取り、途中で買ってきた新聞を拡げて、オフィスビルの出入口を窺った。

午前十時十分、マル対はオフィスを出た。猪狩は新聞を折り畳み、急いで一階に降りた。レジで支払いを済ませて表に出る。マル対はタクシーに乗り込むところだった。

猪狩はタクシーの法人会社名とナンバーを記憶した。ここで万が一失尾しても、マル対は必ずオフィスに帰って来ると分かっているので、あえて無理はしない。

しかし、折よく走って来たタクシーを停めて乗り込んだ。運転手に前を行くタクシーを追うように指示した。

「何かあったんですか？」

運転手は興味津々《しんしん》の面持ちで訊いた。猪狩は「俺の恋人じゃないかと思って」とはぐらかした。

マル対は丸《まる》の内《うち》のオフィス街にタクシーを停めた。猪狩は運転手にそのまま走って、マル対のタクシーを追い抜くようにいった。車の窓から、マル対がビルの一つに入って行くのを確認してから、タクシーに停まるようにいった。

「どうでした？　彼女でしたか？」運転手が振り向いてきいた。

「違った。他人の空似だった」

「それは残念でしたね」

運転手は気の毒そうに笑った。

猪狩は運転手に金を払い、車から降りた。

マル対が入ったビルは、ＩＴ企業サンライズの本社だった。猪狩はビルのロビーに入って行った。警備員が猪狩に鋭い目を向けた。

マル対は受付カウンターの受付嬢に話をした。受付嬢は手で同じロビーにあるティーコーナーを指した。マル対は受付嬢に会釈《えしゃく》をし、ティーコーナーのテーブル席に歩み寄り、椅子に座った。

猪狩は真っ直《す》ぐに受付のカウンターに行き、受付嬢に社内の見学ツアーはないか、と尋ねた。受付嬢は一瞬面食らった顔をしたが、当社では、そうした催《もよお》しはありません、と答えた。猪狩は「残念」と笑い、受付嬢にありがとうと手を上げ、マル対が座ったテーブル席の隣の席に座った。マル対はちらりと猪狩を見たが、すぐに顔を戻した。

警備員は、猪狩が社内の誰かを呼び出したと勘違いし、すぐに猪狩への関心を無くした。玄関から入ってくる客に注意を向けた。

猪狩の許にウエイトレスがやって来た。猪狩はコーヒーを頼んだ。

まもなく、若い男性社員がエレベーターから現われ、マル対のテーブルにやって来た。

猪狩は新聞を読むふりをして、マル対と男の会話に耳を澄ませた。仕事の打ち合わせをしていた。

コーヒーを飲み終わり、席を先に立った。

猪狩はレジで会計を済ませ、ロビーから外に出て行った。スーツ姿の若い社員の顔を目に焼き付けた。

ビルの外に出てから、道路を反対側に渡った。やや離れた街路樹の陰から、サンライズ本社ビルの出入口を見張った。

十分もしないうちに、マル対が男性社員に送られて、玄関から現われた。マル対は丁寧に男性社員に頭を下げ、通りに立った。通り掛かったタクシーに手を上げた。タクシーに乗り込んだ。猪狩も通り掛かったタクシーを停めて、車内に乗り込んだ。

こうした尾行を一週間にわたって行なった結果、マル対のおおよその毎日の行動パターンを摑むことが出来た。

金曜日の夕方、マル対はいつになく華やいで見えた。スーツは着替え、おしゃれな水色のワンピース姿になっていた。

マル対を乗せたタクシーは、渋谷ヒカリエの前に停まった。マル対はタクシーを降りると急ぎ足で渋谷ヒカリエの入り口に消えた。

猪狩もタクシーを停め、ゆっくりと降りた。見上げると、渋谷ヒカリエの「東急シアターオーブ」には、ミュージカル『王様と私』の大きな看板が掛かっていた。

渋谷ヒカリエの入り口から入ると、マル対が長身の男に迎えられ、話しているのが見えた。男は長身の割に顔が小さく、甘いマスクの美男子だった。マル対は恥ずかしそうに男を見上げ、笑っている。やがて、マル対と男はエレベーターに向かって歩き出した。

デートか。

なんだか、自分が飯島舞衣に付きまとうストーカーになったような気分だった。

猪狩はメモに長身の男を麒麟《きりん》と記録した。

マル対は、これまで一週間尾け回した限りだが、不審な人物と接触していない。教官は、テロリスト一味の一人だというが、猪狩から見て、普通のOLとしか思えない。そんなマル対のデートを追尾訓練で邪魔するのは気が引ける。

ミュージカルのチケットも持っていない。劇場の中までマル対と麒麟を付け回すのは止めることにした。

マル対だって、せっかくの恋人との時間を邪魔されたくはないだろう。マル対と麒麟は、いい関係のようだ。今日はここまでとしよう。

猪狩はエレベーターに乗り込む二人を見送りながら、袖口のマイクに「渋谷雑踏《ざっとう》で1840、失尾」と告げ、教官に報告した。

『見失っただと！　渋谷のどこだ？』

「渋谷ヒカリエ前です。混雑していて、マル対がどこにいるのか分かりません」

『劇場でも入ったか。まあよし、諦めろ。そこを引き揚げ、マル対の自宅近くで帰るのを待て』

「了解」

猪狩は連絡を終えて、マイクを切ろうとした。

ふと渋谷ヒカリエのロビーに、見覚えのある人定《じんてい》の男たちがいるのに気付いた。男たちは三人。いずれも一癖も二癖もありそうな面構《つらがま》えの男たちだった。一人はブルゾンを着込み、残り二人はあまり趣味のいいとはいえない柄のジャケットを着ている。

　どこで見かけたのか？

　三人はエレベーターの前で立ち話をしている。そのうち、格子柄のジャケット姿の一人が切符売場に向かった。ブルゾン姿の男が茶褐色のジャケットを着た男に何事かを指示している。

　猪狩は思い出した。マル対のオフィス前の喫茶室に入った時、一階の出入口の近くの席で、茶褐色のジャケットを着た男と格子柄のジャケットを着た男がソファにふんぞり返っていた。そのため、猪狩は一階での張り込みを諦め、二階の窓側の席に上がった。

　それから思えば、マル対をつけて丸の内のサンライズ・ビルに行った時にも、ビル前の舗道に三人が佇《たたず》んでいた。

「教官、マル対の尾行は自分だけですか？」

『突然何だ？』

「自分のほかに、誰かにマル対を尾行させていないでしょうね」

『おまえ一人だ。支援も応援もない』

「ですが、不審な動きをする男たちが三人います」

『いいか。おまえは、マル対の尾行に集中しろ。その三人については、こちらが調べる。彼らには、おまえがマル対を尾けていることを悟られるな。これも訓練だ』

「了解」

猪狩はマイクをオフにした。

オフにすると同時に、三人を脳裏《のうり》から押し出した。三人はこちらの存在に気付いていない。下手に三人に近付けば、藪蛇《やぶへび》になりかねない。

猪狩は時計に目をやった。まだ七時になっていない。ミュージカルが終わるのは、十時過ぎだ。それから、二人で食事をし、どこかで飲んだり、もし、ホテルにでも行ったら、帰りは明日になるかも知れない。

このまま張り込みを続けるか。それとも、マル対が帰宅するのを待つか。

猪狩は急に空腹を覚えた。考えてみれば、今日は昼飯を食べなかった。渋谷の飲食街でラーメンでも食べて腹の虫を宥《なだ》めようと歩き出した。

4

猪狩はレンタカーを借り出し、マル対のマンション『メゾン多摩川』前の道路の先に駐車した。そこから、マンションの玄関先を望むことが出来る。

五階のマル対の部屋の窓は明かりが点《つ》いていない。まだマル対は帰っていない。

猪狩は車から出た。多摩川が見える堤に上がり、煙草《たばこ》を口に咥えた。ジッポで火を点けた。

多摩川の暗い流れは、対岸の明かりを反射して煌《きら》めいている。空には薄く雲が棚引《たなび》き、無数の星の光を隠している。

麻里のやつ、連絡するという約束だったのに、電話もかけないので怒っているだろうな、と猪狩は思った。だが、ケータイを没収されているのだから、連絡の取りようもない。公衆電話をかけようと思ったが、麻里のケータイの番号はうろ覚えではっきりしない。

マンションの『メゾン多摩川』の玄関前に、一台の乗用車の影が静かに停車した。猪狩は急いで煙草を地べたに落とした。靴で吸い殻の火を踏み消した。

ドアはしばらく開かず、車はヘッドライトを点けたまま停車している。

猪狩は堤の斜面を降りた。車内の人影が透かして見える。ふたつの人影が重なっていた。しばらく二人は抱擁《ほうよう》し合って分かれた。やがてドアが開き、車内灯が点いた。マル対の笑顔が見えた。運転席の男は、麒麟だった。

腕時計を見た。午前一時十三分。

ドアを閉めたマル対の影が車に手を振った。車は静かにマンションの前から走り出した。マル対の影は立ったまま車を見送っている。

車は猪狩の前を走り抜けて、幹線道路に上がって行った。マル対はくるりと踵《きびす》を返した。ハンドバッグを振り回し、足を弾ませてマンションの玄関に歩き出した。

ミュージカル『王様と私』の主人公になった気分なのに違いない。猪狩は微笑んだ。

いきなり、向かいからミニバンの影が突進して来た。ブレーキ音が響いた。マンションの玄関先の階段で、驚いたマル対がミニバンを振り向いた。

ミニバンはマンション前に急停車し、開いたスライドドアから男の人影が二人飛び出した。

マンションの玄関先の明かりに照らされて、男たちの姿が浮かび上がった。夕方、渋谷ヒカリエで見かけたジャケット姿の男たちだった。

二人のジャケット姿の男たちは、マル対に駆け寄った。

マル対はハンドバッグを振り回し、激しく抵抗している。男の一人が後ろから彼女の口を腕で覆《おお》い、声を立てさせまいとしている。もう一人が黒い棒状のものを彼女の腹にあてた。電光が迸《ほとばし》った。

スタンガン！

猪狩は咄嗟《とっさ》に飛び出した。走りながら、特殊警棒を腰から抜き、袖口のマイクに怒鳴った。

「本部、マル対が襲われた。犯人は夕方現認した三人組。救助に向かう」

『待て。手を出すな』

教官の声がイヤフォンから聞こえた。

「しかし、マル対が拉致されます」

二人のジャケットの男は、気絶したマル対の上半身と足を抱え、ミニバンに運ぼうとしていた。

『猪狩、動くな。何もするな。見ているだけにしろ』

教官の怒鳴り声が聞こえた。

猪狩はイヤフォンをかなぐり捨て、ミニバンに突進した。走りながら特殊警棒を一振りして伸ばした。

「待て！　警察だ」

猪狩は怒鳴り、マル対を車に押し込もうとしていたジャケット男の襟首を摑み、後ろに引き倒した。

「警察だ！　降りろ！」

車は走り出そうとしていた。猪狩はミニバンに乗り込み、彼女の上半身を抱えていた男の顔面に警棒を叩き込んだ。血飛沫《ちしぶき》が飛び、男は悲鳴を上げた。

相手がひるんだ隙に、猪狩は彼女の軀を抱き、車外に転がり出た。

もう一人のジャケット男が、スタンガンを突き出した。だが、猪狩が抱えたマル対の軀が邪魔になって、猪狩にスタンガンを押しつけることが出来なかった。

猪狩はすかさず警棒を、男の腕に振り下ろした。男は呻《うめ》き、スタンガンを取り落とした。

ミニバンの運転席からブルゾン姿の男が降り立った。男の手に自動拳銃が握られていた。

「警察だ！　公務執行妨害、銃刀法違反の現行犯で逮捕する」

猪狩は怒鳴りながら、マル対を地べたに下ろし、特殊警棒を構えた。

防弾ベストは着ていない。撃たれたらそれまでだが、ここで怯むわけにはいかない。

ジャケット男の一人が落としたスタンガンを拾い上げた。スタンガンのボタンを押した。パチパチと音を立てて放電した。

ブルゾン姿の男とジャケット姿の男は、前後から猪狩を挟み撃ちしようとした。

「警察だ！　抵抗するな！」

猪狩は大声で怒鳴った。

騒ぎに気付いた住民がマンションから恐る恐る出て来た。

「誰か、一一〇番してくれ」

猪狩は大声で叫んだ。住民たちが猪狩の声に動いた。

「撤収だ」

ブルゾン男は猪狩に銃を向けたまま、ジャケット姿の男に低い声でいった。

ジャケット男は慌ててミニバンに乗り込んだ。ブルゾン男も拳銃を猪狩に向けたまま、後退し、素早く運転席に乗り込んだ。

「待て！」

猪狩はミニバンに駆け寄ろうとした。ミニバンは急発進した。ドアが音を立てて閉まった。ミニバンはエンジン音を高鳴らせて、幹線道路の方角に走り去った。

猪狩は足許に横たわった彼女を抱き起こした。彼女は額《ひたい》を切り、出血していた。

猪狩は大声でマンションの住民に怒鳴った。

「至急一一九番に電話してくれ。怪我人《けが》が出ている」

彼女は気を失ったままだった。だが、手にはしっかりとバッグのベルトが握られていた。

5

「なぜ、命令に反して、現場に介入したのだ?」

鮎川教官は椅子に座ったまま、猪狩を厳しく追及した。

猪狩は、教官の机の前に直立不動《ちょくりつふどう》の姿勢で立っていた。

「はい。申し訳ありません」

「あれほど、マル対に何が起こっても手を出すなと命令しておいただろうが」

「しかし、マル対が襲われるのを黙って見ているわけには……」

「行確《こうかく》は行確だけをすればいい。手を出さず、静観する。それが公安捜査員だ」

「しかし、……」

「しかしも、くそもない。おまえはマル対が何をしているのか報告さえ上げればいいのだ。おまえが余計なことに手を出す必要はないんだ」

「しかし、黙って犯人たちが彼女を拉致するのを見ていろというのですか。自分は警察官として、それは出来ません」

「猪狩、青臭いことをいうな。だから、刑事《ジ》はだめなんだよ。小さな犯行を取り締まることに血道を上げて、肝心の大きな犯行を防ぐチャンスを逃してしまう」

鮎川教官は嘲笑《ちようしよう》した。猪狩はむっとした。

「教官、拉致誘拐事犯は、小さな犯罪なのですか」

「そうはいっておらん。あの場合、おまえが飛び出さないでも対処の方法があったはずだ」

「では、自分はあの場合、どうしたらよかったのでしょうか？」

猪狩は怒りを抑えて訊いた。

「手を出さず、見ていろといったはずだ。そして、犯人たちが乗ったミニバンのナンバー、色、車種などを記憶しておき、一一〇番通報すればいい。そうすれば、本部が現場周辺に緊急手配をかける。各所に検問を設け、当該《とうがい》車両のミニバンを止め、犯人とマル害（被害者）の身柄を確保する」

「お言葉ですが、自分はマル対を救出した後、直ちに一一〇番通報をしました。もちろん、ミニバンのナンバー、品川３０２……、トヨタの黒い塗装の車両、犯人グループは三人、一人は拳銃を所持している、という手配情報を付けて。結果は、どうなったのですか？」

「……………」

鮎川教官は渋い顔をした。

警視庁は猪狩の通報をもとに、直ちに現場を中心に半径十キロ圏内に緊急配備を行ない、幹線道路に検問を設けたが、結局、当該ミニバンの行方も分からず、犯人たちを捕らえることも出来なかった。

「もし、あの時、自分がマル対の拉致を阻止していなかったら、マル対はどうなっていたか？　そして、マスコミに知られたら、我々警察の失態を非難されていたところでしょう」

鮎川教官は気まずそうにいった。

「ま、たまたま今回は犯人たちに逃げられたが、拉致事件となれば警視庁が組織を上げて犯人を追うことになるので、今回のようなへまはしない。だいいち、捜査ははじまったばかりだ。ＳＳＢＣが地域の監視カメラ、防犯カメラ、Ｎシステムを使って、ミニバンの追跡をしている。必ずミニバンの行方は突き止める」

ＳＳＢＣ（捜査支援分析センター）は、警察総合庁舎別館の四階に入っている警視庁のデジタルフォレンジック（犯罪立証のための電磁的記録の解析技術およびその手続き）部門専門の捜査支援班である。

「ともあれだ、今回のマル対追尾訓練は終わりとする。これまで、マル対について分かったこと、マル対の日常の行動パターン、交友関係などすべての報告を上げろ」

「はい」

「明朝までにだ。いいな」鮎川教官は不機嫌そうにいった。

「承知しました」

「戻ってよし」

「戻ります」

猪狩は軀を斜めに折って敬礼した。鮎川教官は鷹揚にうなずき、机の上の決裁書類に手を伸ばした。

猪狩は踵を返し、鮎川教官室から出て行った。


教場に戻ると、やや親しくなった教習生の8番と9番が猪狩に躙《にじ》り寄って来た。

「どうだった？　追尾訓練、うまくできたか？」

関西8番がにやっと笑った。8番は関西弁なので、近畿《きんき》地方の県警から来ていると思われた。

「だめだ。マル対が襲われたんで、つい飛び出して犯人たちを撃退してしまった。たぶん不合格だ」

　猪狩は肩をすくめた。北の9番がにやにやした。9番は、密《ひそ》かに北海道警から派遣されていると教えてくれていた。

「おれはクリアしたぞ。最後の最後、マル対に襲いかかった酔払いがいたが、おれは知らん顔をして傍観《ぼうかん》した。公衆電話で一一〇番には通報したがね。8番は？」

「おれのマル対には最終日まで何も起こらなかった。ただし、ちょっとヅかれた気配はあるが。ところで、1番のマル対は、男か？　それとも女だったか？」

　猪狩は笑った。

「女だった。それも若くて綺麗な女性だった。尾行している間に、自分がストーカーになったような気がして困ったよ。微《び》に入《い》り細《さい》に入り、マル対のことを知ってしまったんで、守ってやらねばならん、という気分になった」

　9番が嘆《なげ》いた。

「畜生《ちくしょう》、1番の相手は美女だったか。おれが尾行した相手は男だったぜ。それも、つまらない中年男だ」

「そうか。1番が黙視できず、つい手を出したのは、マル対が若い美女だったからだな。そういうのはハニートラップだぞ」

「そうかも知れないな」

猪狩は頭を振った。８番が笑った。

「そんなことでは、１番は公安捜査員になれんな。公安は治安を守る上では、刑事と同じだが、一般の犯罪を取り締まるわけではない。国家を守るのが使命だからな」

「だからといって、目の前に起こった凶悪犯罪を見逃すことはできんだろう」

猪狩は自分の信念をいった。９番が同意した。

「おれも、１番と同じ考えだな」

「ま、ケース・バイ・ケースといったところだろうな」

８番がとりなすようにいった。

6

猪狩は必死に先頭集団に付いて行こうと走った。沿道に設けられた補給所で、テーブルに並んだ水のペットボトルの一本をひったくるように取った。キャップを取り、水を飲み、さらに頭から水を被った。

太陽の陽射《ひざ》しは容赦《ようしゃ》なく猪狩たちを照らし、干し上げた。

折り返し地点は過ぎ、警察学校の校庭まで五、六キロの距離に迫っていた。

男子は三十キロ、女子二十キロの耐久走だ。これが公安捜査講習の最後の体力鍛練だった。

四十人いた受講生のうち、この最後の耐久走までに、二人が脱落していた。三十八人中、女子は四人、残り三十四人が男子受講生だ。

往路十五キロは、全員元気よく競い合うように走っていた。だが、さすが復路十五キロになると、みんなの足は重くなり、マラソンが得意な数人が先頭に出て、みんなを励ましながら走っている。

三十四人の男子受講生たちは、縦長の列になってひたすら学校をめざした。猪狩は前から十番目ほどの順番をキープして走っていた。8番はやや後ろ、9番はどうやら最終のグループに落ちて走っているらしい。

「あと二キロだ。気合い入れろ」

一緒に走っている助教が猪狩の脇に来て叱咤した。

「おう！」

受講生たちがやけくそで声を上げる。

耐久走の重要性は頭では分かっていた。犯人を追走して捜査員が一キロ、二キロ全力疾走してばててしまい、犯人を取り逃がしては情けない。逃げる犯人よりも速く走る体力はほしい。

猪狩の場合、機動隊生活で走るのに慣れていたはずだったが、公安捜査講習の訓練は、それを上回るきついものだった。それでも、この三ヵ月講習の間、ほぼ毎日のように体力作りのため、四百メートルトラック五周の二千メートル走を繰り返していたところ、走るのがあまり苦にならなくなった。

みんなの走るピッチが上がった。

道路の前方に、ようやく校門や校舎が見えて来た。道路脇に立った教官が怒鳴る。

「最後、全力疾走！　かかれ」

みんなは最後の力を振り絞って駆け出した。

猪狩も歯を食いしばり、前を走る受講生に追い付き、追い越そうとする。前にいたのは、12番と3番の受講生だったが、猪狩がラストスパートを掛けたのを見ると、猛然と速度を上げた。それまで温存していた最後のエネルギーを使って抜かれまいとして走る。

猪狩も負けるものか、と歯を食いしばって、ダッシュした。校門のところまで、12番と競り合い、3番に追い付いた。だが、校門に飛び込んだところから、3番に躱《かわ》され、校庭のグラウンドのゴールに行くまでに、12番に挽回《ばんかい》されて逃げ切られた。

ゴールの白線を越えたとたん、猪狩は足がもつれ、地べたに倒れこんだ。すでに帰っていた女子の受講生が猪狩に駆け付け、毛布で軀を包んだ。

「あ、ありがとう」

猪狩は息をぜいぜいさせながら、礼をいった。

「お疲れさま」

その女子受講生は、ふっと笑顔を見せた。その子は、7番だった。女子の受講生たちの中で一番笑顔が綺麗だった。

7番は、猪狩を離れると、次によたよたとゴールに駆け込んで倒れた受講生を介抱《かいほう》に駆け付けた。

「おい、1番、しっかりしろ。このくらいでばてては、テロリストに逃げられるぞ」

鮎川教官が大声でどやしつけた。

「はい」

猪狩は慌てて立ち上がった。

「ゴールした者は、シャワー室へ行け。汗を流し、一時間後、制服に着替えて講堂に集合だ」

その声に、先着した受講生たちは、ぞろぞろと寮に歩き出した。猪狩も毛布を畳み、7

番の女子受講生に返して、シャワー室へ向かった。

その間にも、受講生たちがつぎつぎにゴールに駆け込んでくる。ようやく8番が走り込み、校門のあたりに9番の顔が見えた。

制服に着替えた猪狩たち三十八人は、講堂に整列していた。

公安捜査講習の修了式である。壇上に警察庁警備局の幹部らしい数人がパイプ椅子に座り、受講生たちを見下ろしている。

ほかに来賓《らいひん》もいない。客席には誰もいない。寂しく簡素な式典だった。

幹部の挨拶の後、鮎川教官が壇上に立ち、講評を行ない、今期最優秀成績者以下優秀者三名を発表した。

首席は7番の女子受講生だった。次席が10番男子、三席が22番男子。

猪狩は三位以内にも入らなかった。ほかの成績は、次席や三席の受講生とほぼ同程度、あるいは自分の方が勝っていたと思ったので、やはり、最後の追尾実習の評価がだいぶ悪かったらしい。

「ここで学んだことは、公安捜査の基礎中の基礎の第一歩である。ここの公安捜査講習を修了したからといって、公安のエキスパートになったと思わないように」

鮎川教官は淡々とした口調で訓示をしていた。

「今後は、きみたちの一人一人に、しかるべき班やチームから呼び出しがかかる。そうしたら、今度は班やチームの一員として、公安捜査を行なうことになる」

鮎川教官は付け加えた。

「なお、きみたちには修了証とともに公安捜査員である秘匿《ひとく》番号が付与《ふよ》される。その秘匿番号は終生《しゅうせい》変わらないので、よく記憶し、忘れないように。クレジットカードなどの暗証番号などには絶対に使わないこと。番号を書いた証紙は直ちに焼却する。いいな」

「はいッ」

受講生たちは一斉に返事をした。

それから、受講生は一人一人教場での席番号を呼ばれて登壇した。警察庁警備局長から修了証書を授与され、敬礼して壇を降りる。

最初の三人は成績順だったが、四番目からは教場での席順となり、1番の猪狩が呼ばれた。

猪狩は警備局長の前に立った。修了証書を受け取り、警備局長と握手をした。猪狩は、警備局長から、小声で「ご苦労、よくやった」といわれた。

「ありがとうございます」

猪狩は咄嗟に返答した。だが、何が「ご苦労」だったのか、そして何が「よくやった」のか判《わか》らず、釈然《しやくぜん》としなかった。

7

猪狩はほかの受講生たちと騒ぎながら、教場に戻った。さっそくに修了証書と一緒に手渡された秘匿番号証書を開いた。そこにあった四桁の番号を頭に記憶し、すぐにライターで焼却処分を行なった。

これが、警察官のP番号《ポリス》とは別に自分に与えられた、終生変わらない秘匿番号か、と猪狩は緊張した。

教場のあちらこちらで、証書を焼却する炎が上がっていた。みんなの顔は、興奮で紅潮していた。

証書とともに新しい辞令が入っていた。

『本日付けをもって、警察庁警備局外事課公安捜査機動隊勤務を命ず。明朝九時、警察庁警備局総務企画課へ出頭せよ』

警察庁警備局《ビキョク》に、そんな公安捜査の実働部隊があるのか。猪狩は深くうなずき、辞令書を折り畳み、胸のポケットに入れた。

つかつかと関西8番と道警9番が猪狩の許にやって来た。

「1番、いろいろ世話になったな。これでお別れやな」8番は名残惜《なごりお》し気に笑った。

「実習は辛《つら》かったけど楽しかった。な、1番」

「おい、公安捜査講習は終わったんだから、そろそろ、番号でなく本名を名乗り合わないか？」

9番が8番にいった。

「だめだめ。ここで習ったことはもちろん、誰がいたかも、ぜんぶ保秘せねばならないんだぜ。な、1番？」

猪狩は頭を振った。

「もう、講習は終わったんだ。いつまでも保秘なんかしていたら、せっかく友達になったのに、番号で呼び合うのは冷たいだろう。せめて、おれたち三人の間だけならいいのではないか？」

「だよな。おれ、1番に賛成」

9番がうなずいた。猪狩は二人に囁いた。

「おれ、新潟県警の猪狩誠人巡査部長。9番、おまえは？」

「北海道警の大崎《おおさき》守《まもる》巡査部長。8番、おまえは？」

「弱ったな」8番は逡巡《しゅんじゅん》した。猪狩は笑った。

「いいよ。いいたくなければ、これからも、会った時には、8番と呼ぼう」

「おまえ、おれたちが信用できないってか。いいよいいよ。おまえを見損なったな」

大崎が呆れた顔で8番をくさした。

「分かったよ。いうよ。おれ、兵庫県警の臼杵《うすき》武司《たけし》。階級はまだ巡査なんだ」

「なんだ、平《ひら》の巡査か。そうか。それで名乗りにくかったんだな」

臼杵が鼻で笑った。猪狩が二人にいった。

「ともあれ、本名が分かったんだ。今後とも、互いによろしくな」

猪狩は臼杵、大崎と握手を交わした。大崎が訊いた。

「で、1番、いや猪狩、辞令が出ただろう？　どこに出向だ？」

「ビキョク（警察庁警備局）の外事課だ。大崎、おまえは？」

「そうか、ソトゴトか。おれは道警本部公安警備局に戻りだ。臼杵、おまえは？」

「おれも兵庫県警本部公安警備部付きだ」

「じゃあ、結局、ビキョクには猪狩、おまえだけが行くということか？」

「おれだけということはないだろう」

大崎と臼杵がふっと姿勢を正して態度を変えた。

「1番さん、それに、8番さん、9番さん、お疲れさまでした」

背後から女の声がした。振り向くと、7番の女子受講生の笑顔があった。7番の後ろには、三人の女子受講生たちが顔を揃えていた。

「解散にあたって、駅近くの居酒屋でお別れ会を開こうと思いますが、参加なさいますか？」

「行く」大崎が真っ先に手を上げた。

「おれも参加します」臼杵がおずおずといった。

「1番さんは？」

7番の女は猪狩を正面から見つめた。大きな黒い眸が魅惑的だった。猪狩は彼女を見返した。

「7番じゃあ、味気ない。おれ、マサ。きみの名は？」

「私？　ナナ」

「どうせ、本名じゃないな。だけど、7番よりはよほどいいな」

「でしょ？　私たち女子会は、番号で呼び合うのはやめて、私的な席では、自分の好きな名で呼び合うことにしたのよ」

後ろに並んだ女たちも笑いながらいった。

「あたし、ミキ」

「私はケイ」

女たちは教官や助教の指示に反して、互いにすっかり仲良くなっている様子だった。ただし、本名を明かしてまで交流しているとは思えなかった。

「あんたたちの名は？」

「あ、おれ、マモル」

「おれ、タケシ」

臼杵も大崎も慌てて自分の本名を名乗ってしまった。

「場所は居酒屋『馬や』。会費三千円。集合時間一八〇〇。上がり二〇〇〇《フタマルマルマル》。会計はケイさん。いいわね」

それだけいうと、ナナたちはくるりと踵を返し、教室でほかに屯《たむろ》して話をしている男たちにお別れ会への誘いの言葉をかけた。

「いま気付いたが、みんな制服が妙に似合う女子たちだな」

大崎が目を細めた。臼杵が頭を掻いた。

「三ヵ月も一緒だったんだ。もっと仲良くなっていてもよかったな」

「いや、あまり仲良くなっては情が移る。一期一会《いちごいちえ》。それがいいんだ」

猪狩はつぶやくようにいった。

第五章　公安刑事《デカ》になる

1

　猪狩は午前九時五分前に、警察庁警備局総務企画課に出頭した。

　警察庁警備局は、警視庁のビルに隣接する合同庁舎の四階にあった。猪狩は制服に身を包み、警察庁警備局総務企画課のドアを開けた。

　総務企画課の机が整然《せいぜん》と並んでいた。各机にはパソコンが置かれ、大勢の課員たちがディスプレイを見ながら、マウスを動かし、キイを叩《たた》いている。電話でやりとりしている課員もいたが、何を話しているのかは分からない。

　受付カウンターの女性職員が顔を上げ、猪狩を見た。猪狩は出頭命令書を出した。

「猪狩巡査部長ですね。課長と理事官がお待ちしています。課長室へどうぞ」

女性職員はひんやりと冷たい声でいい、白くて長い指が部屋の奥のドアを指差した。

猪狩は礼をいい、課長室への通路を進んだ。

ドアをノックして、名乗った。女性の返事があり、ドアが引き開けられた。

細面《ほそおもて》でスタイルのいい女性秘書官が笑顔を作り、猪狩を部屋に招き入れた。

部屋には二人の制服警官がソファに座り、話し合っていた。一人は顔に見覚えがある。

もう一人は、縁《ふち》のない眼鏡《めがね》をかけた気品のある顔だった。いずれも袖章《そでしょう》や襟《えり》章から、警視正と警視長の階級であるのが分かった。

「おう、猪狩巡査部長、待っていた」

見覚えのある顔は真崎武郎理事官だった。

「猪狩、こちらが総務企画課長の吉村亮治《よしむらりょうじ》さんだ」

猪狩は名前階級を申告し、吉村課長に挙手の敬礼をした。吉村課長は軽くうなずいた。

「ご苦労さん、まあ、猪狩くん、そう硬くならずに座れ」

吉村課長は空《あ》いているソファを指差した。猪狩はおずおずとソファに腰を下ろした。

吉村課長は眼鏡を掛け直し、手に持った書類に見入った。

「きみの刑事捜査講習の成績は、三回ともA評価だな。うむ、悪くない」

猪狩は黙って吉村課長を見つめていた。

「しかし、公安捜査講習は各科目A評価が多いのに、総合評価はBか。原因はマル対行確《こうかく》研修がD評価だったからだな」

　吉村課長は眼鏡をきらりと光らせた。

　D評価は、ダメ評価の失格である。成績表は受講生には渡されていない。まさか、D評価だったとは、猪狩も知らなかった。やはり、襲われたマル対を救けたのが、評価に響いていたのだ。

　真崎理事官が笑いながら口添えした。

「課長、私は、そのD評価を見て、かえって猪狩くんをうちに吸い上げたいと考えたのです」

「真崎さん、D評価は公安捜査員としては不適格ということでしょう。本人を目の前にしていうのは気が引けるが、公安捜査員に不適格な人間を採用することに、私は賛成できませんな。あえて危険を引き取ることになるのでは」

「これまで、そういう考えで、優秀な能力のある捜査員を公安に吸い上げられなかったのではないか、と私は思うのです」

「危険はない、というのですか？」

「もちろん、危険はあるでしょう。ですが、公安捜査員とて人間です。冷徹《れいてつ》であることは必要ではありますが、あまり冷徹過ぎて、仲間を見捨ててしまった例もこれまで起こったではないですか。猪狩くんの場合、行確対象のマル対に暴漢が襲いかかり、拉致《らち》しようとしたのを見かねて、咄嗟《とっさ》に飛び出した。その判断は正しかったと、私は考えています。むしろ、猪狩くんが救出しようと飛び出さなかったら、マル対は二度と再び我々の許《もと》に戻って来なかったのではないか、と思います」

「うむ。そうはいってもだな……」

吉村課長は言い淀《よど》んだ。真崎理事官がしっかりとした口調でいった。

「猪狩くんのことは、私が責任を持ちます。猪狩くんには、公安捜査員になる動機があります。その動機があればこそ、猪狩くんは優《すぐ》れた公安捜査員として立派に働くことが出来る」

「その動機というのは、何なのかね？」

「幼なじみの女の子が目の前で、北の工作員たちに拉致されたのです。それがトラウマになっている。そうだね」

真崎理事官は猪狩に顔を向けた。

「はい」

猪狩は複雑な気持ちで聞いていた。目の前で亜美が拉致された事件は、すでに遠い記憶でしかない。いまでは、おぼろげで淡《あわ》くて、セピア色をした写真を見るような記憶になっている。それを警察官になる動機だといえば、その通りなのだが、公安捜査員になりたいという動機かというと、そうでもない。真崎理事官には、かつて、そんな気持ちを話したことはあった。それをいまさらいわれると、違和感を覚えてもいた。

「分かりました。真崎理事官が、そこまでいうなら、猪狩くんはあなたに預けましょう」

「ありがとうございます」

真崎理事官は吉村課長に礼をいい、猪狩を振り向いた。

「きみは、当面、外事課直属の公安捜査機動隊に入って貰《もら》う。その後のことは、私が指導する」

「はい。よろしくお願いします」

猪狩は、公安捜査講習の成績不良だったにもかかわらず、真崎理事官のお陰で、公安捜査員として正式に認められたのを知って喜んだ。

「猪狩巡査部長、しっかりやってくれ。いいな。真崎理事官の期待を裏切らないように」

吉村課長は眼鏡の奥の目を細めた。

「いいな、頼むぞ」

真崎理事官は猪狩の肩をぽんと叩いた。

猪狩は背筋を伸ばし、大声で「はいッ」と答えた。

2

街路樹のプラタナスの葉が、夏の陽光を浴《あ》びて、風にそよいでいた。

猪狩はオープンカフェの椅子に座り、アイスコーヒーを啜りながら、表参道《おもてさんどう》の車の流れをぼんやりと眺めていた。

「兄さん、お待たせ」

奈緒美の声が背後から聞こえた。振り向くと白いブラウスにダークブルーのスカート姿の奈緒美が立っていた。長い黒髪が肩にふんわりとかかり、肩を上下させて、息を弾ませている。

「ああ、暑かった」

奈緒美は椅子に座り、テーブルにあった誠人のコップの水をごくごくと喉《のど》を鳴らして飲み干した。

奈緒美は誠人よりも六歳年下の妹だ。二十歳。青山にある私立大学の二年生だった。

「急いで来たようだな」

「うん。兄さんを待たせちゃいけないと思って駆けて来た。でも、十五分も遅れたね。ごめん」

「まあ、いいさ」

実際は二十分以上待たされていたが、猪狩は黙っていた。奈緒美は、いつも時間にルーズだった。

「ああ、喉が渇《かわ》いた」

ウエイトレスが氷の塊《かたまり》が入ったコップを運んで来た。奈緒美は、ウエイトレスにコーラを注文し、そのコップの水もごくごくと飲んだ。

「どうだ、学校の方は？」

「まあまあね。まだ夏休みだもの。新学期がはじまったら、遊んでいられない」

「遊びに余念《よねん》がないってことか？」

「学業はちゃんとやっていますよ。ただ、クラブ活動が忙しいってこと」

奈緒美は大学の放送研究会に入っている。将来はテレビ放送局のアナウンサーになりたい、といっていた。

「ところで、兄さん、いつ上京したの？　母さんによると、また仕事替わったようだ、といっていたけど」

「仕事は替わらないが、職場が変わった」

「じゃあ、東京へは休暇で来ているの？」

「違う。昨日まで研修で、今日は中休み。明日から、また忙しくなる」

「そうか。じゃあ、暇なのは今日だけ？」

「うむ。だから、よかったら、夕食を一緒にどうかと思ったんだが」

「ごめん。今日の夜は先約があるんだ」

「デートか？」

猪狩はちらりと目を光らせた。

「放研のコンパ。デートじゃない」

「抜けられないのか？」

「それが、私、幹事なのよ。二年になると、そういう下働きばかりやって、先輩たちを応援するの」

ウエイトレスが盆に載せたコーラを運んで来た。

「ほら、私たちも、三年になると放送局主催の研修会に出なければならなくなって、事実上の就活がはじまるんだ」

奈緒美はコーラのグラスにストローを挿し、話しながら焦茶色の液体を啜った。

「そうか。たいへんだな」

「ところで兄さん、恋人はいるの？」

奈緒美の突然の問いに、誠人は一瞬たじろいだ。頭に麻里の顔が浮かんだ。

「ま、いないことはない」

「あ、いるんだ。じゃあ、今度紹介して。一緒にご飯食べに行こう」

「うむ。奈緒美、おまえは？」

「ないない。みんな男友達。魅力がある男は、なかなか見当たらない」

「それを聞いて安心した」

「どうして？」

奈緒美は形のいい唇にストローを咥《くわ》えながら、大きな眸《ひとみ》で誠人を見た。

「どうしてって、兄貴として、心配するだろうが。どんな相手か知らないとな。悪いやつだったら、おれが許さない」

「お父さんは、奈緒美が連れて来る人なら、どんな人でもいい、といっているわよ」

「親父は親父だ。おれとは違う。奈緒美、親父のところに男を連れて行ったのか？」

「まあね」

奈緒美はコーラを啜り上げた。

「いつ？」

「この夏。友達と長岡の花火を見に行った。そこでお父さんのご機嫌伺いしたわけ」

猪狩は、ははあん、と思った。親父はＪＲ長岡駅で駅長をしている。きっと親父に小遣いの無心に行ったのだろう。

「奈緒美、どんな男と付き合っているんだ。おれには紹介できないのか」

ポケットの中のケータイがぶるぶるっと振動した。

猪狩は、こんな時に掛けて来やがって、とケータイを取り出した。画面に山本麻里の名前が表示されていた。

『マサトー、元気？　生きてた？』

麻里の喜ぶ声が聞こえた。

「もちろん。ごめん、連絡が取れなくて」

『そうよ。わたし、何度も留守電に電話してと入れておいたのにシカトして。どういうこと？』

猪狩は立ち上がり、テーブルを離れた。

「ごめんごめん。これにはわけがあったんだ」

奈緒美が興味津々の面持ちで猪狩を見つめていた。

『わたし、マサトと別れてすぐに連絡取れなくなったから、きっと嫌われたんだと思い……』

「違う違う。上から外部との連絡は一切厳禁と命令されたんだ。そして、このケータイも一時、没収された。昨日、講習が修了し、今朝ケータイを返して貰ったばかりなんだ」

『なーんだ。もしかして、マサトが事故にでも遇《あ》い、頭に天使の輪が付いたのか、とばかり思っていた。だから、心配したのよ』

「ありがと。心配かけて」

『今日、暇ある？』

「ちょうど、よかった。今日は暇になったところだ」

『付き合ってほしいの』

「もちろん」

『実は新潟から健司が東京に来ているのよ。それで私と会いたいって』

「なんだ。そうなのか」

蓮見健司が上京しているということは、彼もまた警察庁に呼ばれているのか。麻里は続けた。

『で、三人で会おう。どこかで食事でもしよう。マサトに相談もあるし。いい？』

「分かった。麻里とふたりだけで逢えると思ったのに。残念だが仕方ないな。どこで?」

『健司がどこかの店を予約するって。決まったら、マサトに連絡する』

「分かった。後で」

通話は終わった。猪狩はポケットにケータイを仕舞い、テーブルに戻った。

「ね、彼女?」

「うん、まあな」

「マリっていうのね? ふうん」

奈緒美はテーブルに頰杖《ほおづえ》をし、誠人を睨《にら》んだ。

「兄さんをマサトって呼び捨てにしていた。そういう仲なのね」

「まあ、いいだろう」

奈緒美は会話を盗み聞きしたのだろう。勘の鋭《するど》い女だ。

「そのマリさんは、私の姉さんになるかも知れないんでしょ。いつか、ちゃんと紹介してよ」

「ああ。振られなかったらな」

「運がよかったじゃないの。今日、私に夕食を奢《おご》らずとも、マリさんと食事する約束が出来て」

「ま、そういうことだ」

そういえば麻里は蓮見健司をいつの間にか、ケンジと呼び捨てにしていた。この三ヵ月の間に、健司と麻里の間は、急に親しくなっていたということなのか。猪狩は少し不安に思った。

3

猪狩が麴町《こうじまち》のイタリア料理店『イル・マーレ』のドアを押したのは、その日の夕方だった。

店の中では小綺麗《こぎれい》なドレスを着た淑女や、フォーマルな黒いスーツ姿の紳士たちが、ワイングラスを傾けながら、会話を楽しんでいた。

猪狩はしまったと臍《ほぞ》を嚙《か》んだ。一応ジャケットを着、ネクタイはしているものの、フォーマルな格好ではない。まさか、ドレスコードがある店とは思いもよらなかった。

「マサト！　こっちこっち」

中庭のテーブルで、ピンクのドレス姿の麻里が手を上げていた。隣でスーツ姿の蓮見健司がにやついていた。

猪狩は店のウエイターに案内され、店の中を抜けて中庭のテーブル席に歩を進めた。

店内には陽気なカンツォーネが流れ、否が応にも、地中海風な雰囲気に覆《おお》われていた。

周囲のテーブル席では、夫人同伴の外国人たちが大声で話し合い、笑い合っている。

「お、しばらく」

蓮見健司はにやっと笑い、猪狩を迎えた。麻里は大胆に両肩を出したピンクのドレスを上品に着ていた。

猪狩は立ち止まり、麻里の姿に見とれた。

「麻里、いつになく綺麗だな。どこの王女様かと思ったよ」

「そう？　お世辞《せじ》だとは思うけど、ありがとう」

麻里は立ち上がり、くるりと軀《からだ》を回し、ドレスを猪狩に見せた。肩ばかりでなく、背中も大胆に開いている。美しい背中の肌が顕《あらわ》に見えていた。麻里は顔を綻《ほころ》ばせて笑った。

「驚いたでしょ。日本で、こんなドレスを着るのははじめて」

「いいね。どういう心境の変化なんだい？」

「猪狩、麻里さんは、アメリカへ研修留学をすることに決まったんだ」

蓮見健司が静かにいった。

「そうか。ＦＢＩアカデミーに行くのか」

「いろいろ迷ったけど、あなたたちに相談してよかった。せっかくのチャンスを無にするのはいけない、と思って、オーケーしたの」

「そうか。おめでとう。それで、いつ出発するんだい？」

「渡米の手続きが済み次第、来週早々には、渡米することになるわ」

「行っている期間は？」

「一年の予定」

一年の間、お別れか。これも麻里のキャリアアップに必要な時間なのだろう。

猪狩はしみじみと麻里を眺めた。

「なによ。そんな目で見つめないで。きっとせいせいしているんでしょ」

「そうじゃない。ちょっぴり淋しくなるな、と思ってね」

「あら、ちょっぴりだけなの？」

麻里は親指と人差し指を広げ、鼻をふんと鳴らした。

「いや、うんと淋しくなる」

「どんだけ？」

猪狩は両手を大きく広げた。

「それだけ？」

「いや。もっともっと、この世界いっぱい」

「許す」

麻里はうれしそうに笑った。

「ははは。猪狩、ともあれ、麻里さんの門出を祝って乾杯しようや」

蓮見は赤ワインの瓶を取り、猪狩のワイングラスに赤い液体を注いだ。ついで、麻里のグラス、自分のグラスに均等に注いだ。

「ね、マサト、健司も今回警察庁刑事局への出向が決まったのよ」

「ほう。刑事局のどこだ？」

「二（捜査第二課）だ」

蓮見は指を二本立てた。

「いつから？」

「明日、出頭を命じられている」

「そうか。それはよかったな。おめでとう」

捜査第二課は、詐欺犯や選挙違反、特殊詐欺事案などの捜査指揮にあたる課だ。警察庁から吸い上げられた場合、準キャリア扱いとなり、県警に戻れば、捜査二課長の席も夢ではない。

「そういうおまえは？　警備局《ビキヨク》に呼ばれたのだろう？　公安刑事か。きつい道だぞ」

「分かっている」

「配属先は？」

「いえない」

「ははは。保秘がかかっているんだな」

「そう？　保秘でいえないの？」

麻里が目を丸くした。

「ま、そんなところ。まだ駆け出しの公安捜査員だから、保秘も保秘、なんにも話が出来ないようになっている」

蓮見が猪狩と麻里を見た。

「いずれにせよ、三人三様それぞれの道に歩みだしたということだな」

「そうね。三人の前途を祝って乾杯しましょう」

「三人とも、いい未来が開けるように」

猪狩はグラスの縁を、麻里と蓮見のグラスに当てた。蓮見はにやっと笑い、麻里もうなずいた。

「乾杯、みんなの未来を祝して」

猪狩はグラスのワインを口に含み、味わいながら飲んだ。

「猪狩、おれ、麻里さんに結婚を申し込んだ」

蓮見が突然にいった。猪狩は、思わず咳《せ》き込み、慌てて口の中のワインをごくりと飲み込んだ。

「まあ、やあねえ。そんなことこの場でいわなくてもいいでしょう？　マサトが驚いて咽《む》せてしまったじゃない」

「麻里、こいつの申し込みを……」

猪狩は麻里を見つめた。

「猪狩、安心しろ。おれは見事に振られた」

「振られた？」猪狩はほっとして麻里を見た。

「違うわよ。ケンジも早とちりなんだから」

「麻里さんには好きな人がいるというんだ。だから、いまはだめだと。アメリカから帰ってから考えるとさ」

「いまの私は、結婚とかいったことは考えていないってだけ。もちろん、好きな人はいるけど、これから、その関係を大事に育てていかないと、将来、どうなるか分からないといったの」

麻里は大きな黒い眸でじっと猪狩を見つめた。目が分かってといっていた。猪狩はうなずいた。

蓮見がやれやれと肩をすくめた。

「お待たせいたしました。ご注文の魚介類の特製パエリヤです」

店のウエイターが大盆にパエリヤを載せて、テーブルに運んで来た。パエリヤの芳《かん》ばしい香りがあたりに漂った。

麻里も誠人も健司も喜んで手を叩き、歓声を上げた。麻里がさっそく、パエリヤに木製のスプーンとフォークを入れ、誠人と健司の取り皿にパエリヤを移しはじめた。

オリーブの樹に備えたスピーカーから、ナポリを讃《たた》えるカンツォーネが高らかに流れていた。

4

『マル対、ホテルに入った。3、4番、スタンバイ』

イヤフォンから班長の声が聞こえた。

猪狩は耳のイヤフォンを手で押さえ、樹木の葉陰に身を隠した。隣に屈強《くっきょう》な体格の坂《さか》井《い》が控えている。

捜査対象《マルタイ》は、在日華僑《かきょう》の陳鶴周《ちんかくしゅう》。

猪狩が受けた説明では、横浜の華僑の大物で、北京《ペキン》政府要人とも深い繋がりがあり、日本国内で手広く商売をしている実業家ということだ。だが、それはあくまで表の顔で、裏の顔は横浜中華街や蒲田、新宿界隈《かいわい》の中国人たちに睨《にら》みを利《き》かす黒社会のボスでもあるということだった。

公安外事課は、陳鶴周が中国国家安全部の大物エージェントだと見ていた。中国国家安全部は、アメリカのＣＩＡのような諜報機関である。当然、日本国内にも中国国家安全部のエージェントたちが潜入しており、諜報活動を行なっている。

陳鶴周は中国人実業家として、日本の政財界にも広く知られていた。その陳鶴周が、密かに品川の高級ホテルの一つ、御殿山《ごてんやま》グランドホテルに入った。誰かと秘密裏《り》に会おうとしている。

警視庁公安外事二課の作業班が、陳鶴周の行動確認をしていた。中国国家安全部の大物が、いったい誰と会おうとしているのか。陳鶴周は、自宅のある白金台《しろかねだい》のマンションを出た後、車で銀座に向かい、百貨店に入った。

出てきた陳はカジュアルなジャケットに着替え、白髪の鬘《かつら》を被って変装していた。陳はボディガードや秘書を残し、ひとりだけでＪＲ山手線《やまのて》の電車に乗り込んだ。

尾行班は、大勢を陳に張り付け、点検されても分からぬように遠巻きにして尾行を続けた。陳は有楽町《ゆうらくちよう》駅から、いったん内回りの山手線に乗ったが、上野駅で何度も乗り降りし、今度は京浜東北線の電車に乗り換えた。明らかに尾行を気にしている様子だった。

外事二課は作業班だけでは手が足りないと見て、急遽《きゆうきよ》、公安捜査機動隊の二個班の応援を要請したのだ。

猪狩は第二班に配属されたばかりだった。

第二班は、班長の熊谷《くまがい》警部補以下、十人の班員で編成されていた。熊谷班長は三十代、そのほかは猪狩をはじめ、いずれも二十代だった。班員の中で巡査部長の階級にいる者は、猪狩と班長代理の枡田《ますだ》の二人しかおらず、猪狩は新任にもかかわらず、すぐに班長から班長代理補佐を命じられた。

今回の作業支援は、第二班が下命されている。マル対の身辺保護や護衛、捜査作業班への後方支援が任務となっている。前に出ることはない。あくまで控えのポジションである。

『マル対、ラウンジで女と接触。談笑している』

『二人の会話を傍受《ぼうじゆ》できないか』

『了解』

『女の人定《じんてい》は』

『いま顔写真を本部に送った。顔認証をかければ、身元が分かるかもしれない』

尾行作業班たちのやりとりが、イヤフォンから聞こえて来る。

「マル対は、ここで女と逢引きしているだけじゃないっすかね」

坂井が猪狩に囁《ささや》いた。

「かもしれんな」

「だったら、われわれの出番はなさそうですね」

坂井はぼやいた。西に傾いたとはいえ、夏の強烈な陽射《ひざ》しが降り注いでいる。ホテルのなかは冷房がかかっていて、快適なはずだ。

坂井はハンカチで首の周囲の汗を拭《ぬぐ》った。猪狩も首の後ろにあてたハンカチが汗でびっしょり濡れているのを感じた。防刃《ぼうじん》ベストを着装しているため、なおのこと暑いのだ。

『マル対、女と一緒にエレベーターに向かった』

『女の部屋は分かるか?』

『不明です』

『何階に降りるか、分かり次第に報告しろ』

『了解』

ひっきりなしに捜査員たちの無線のやりとりがイヤフォンから聞こえてくる。

暑い。近くの石垣も足元のコンクリートの路面も、灼熱《しやくねつ》の太陽に照らされ、熱を帯びている。

猪狩は汗に濡れたハンカチで額《ひたい》の汗を拭った。

黒塗りのベンツが二台、あいついで滑るように目の前を通り過ぎて行った。二台のベンツは、そのまま御殿山グランドホテルの玄関前に並んで止まった。

猪狩は双眼鏡を取り出して覗いた。

ベンツの両側の扉が開き、車内から、五人の男たちが降り立った。いずれも、揃いのように黒いスーツを着込み、黒いサングラスを掛けている。

制服を着たホテルの案内係が男たちを出迎えた。男たちは案内係を手で払い、何事かを告げた。案内係は戸惑った顔で引き下がった。

五人の男たちは玄関の自動ドアからホテルのロビーに入って行った。二人が出入口に残り、三人の黒いスーツ姿の男たちがエレベーターに向かって歩き出した。三人は、サングラスを下ろし、ちらりとロビーを見回した。

双眼鏡を通して、小さな男と背の高い男の顔が見えた。

「あいつら、どこかで見た顔だな」

猪狩は呟《つぶや》き、坂井に双眼鏡を渡した。坂井も木陰から男たちを覗いた。

「あの大中小の三人ですか？」

背の高い男、中背の男、小男。

「そうだ。背が低い男、それと背の高い男。二人とも、手配写真で見た記憶がある」

五人組のうち、後の車から降りた二人組は、玄関に見張りに立った。一人が玄関の外に出、もう一人がロビーの中で待機している。

先の三人はエレベーターに乗り込み、姿を消していた。

「チョウ（巡査部長）さん、ベンツ、駐車スペースに移動します」

二台のベンツは、いったん玄関先から出ると、ロータリーを一巡し、玄関脇の駐車スペースに、バックして止まった。ベンツが横向きになって見える。

坂井は双眼鏡を返そうとした。

「見張っていろ。やつらの動きを報告してくれ。その間に、手配写真を調べてみる」

猪狩はポリスモードで、指名手配者の顔写真リストを出した。見当たり捜査のため、暇があると、指名手配者の顔を流し見している。何十回、何百回、何千回もマル被の顔を飽かず眺めているうちに、脳のどこかに指名手配者たちの顔の特徴が無意識のうちに記憶され、群衆のなかでちらりとその対象者の顔を見ただけでも見付け出すことが出来るようになる。

見当たり捜査は、たいていの刑事が長年の間に会得する捜査技術だ。猪狩も交番詰めのころから、暇な時には、Ｐ《ピー》フォンを覗き、ゲームをするように、指名手配者の顔をアットランダムに出しては眺めていた。

隣で坂井が興味深そうに猪狩の手許を覗いていた。

顔写真がかなりの速度で画面に流れている。普通の視覚では見ることが出来ないが、慣れて来ると、さーっと流し見していても、特定の人物の顔を見付けて、ヒットさせることが出来る。

「あった。これだ」

猪狩の指が画像の流れを止めた。そこに、坊主頭をした丸顔の男の写真が映っていた。間違いない。こいつだ。鼻の形、耳の形、左目が不釣り合いに垂れている。分厚い唇。右頰にある黒子《ほくろ》……。

「四年前の大田《おおた》区の会計士強盗殺人事件の指名手配者ではないですか？」

坂井が呻《うめ》いた。猪狩はうなずいた。

砂上竜兵《すながみりゅうへい》。本籍・名古屋《なごや》市……。元山菱《やまびし》組準構成員。前科、殺人罪で懲役七〜十年の

不定期刑。犯罪実行時、未成年だったためだ。四年前今度は大田区の会計士宅に押し込み、会計士を殺害、金庫から多額の現金や証券類を強奪したことが分かり、全国に指名手配……。

「背の高い男も見覚えがある」

猪狩はポリスモードの画面を繰《く》り、顔写真を流し見した。その手が止まった。

「こいつか？」

細面《ほそおもて》の優しい顔の男が映っていた。横顔の写真を出す。違う。似ているが、どこか違う。顎《あご》の線がしゃくれていない。

「特殊詐欺で手配になっていますね」

「こいつではない」

猪狩はまた猛烈な勢いで写真を繰った。

急に指で、一つの顔写真を止めた。

細面の瓜実顔《うりざねがお》。猜疑《さいぎ》心の強そうなキツネ目。しゃくれた顎。薄い唇《くちびる》。口元が歪《ゆが》んでいる。根っからのワルの顔だ。

こいつだ。

長田部彰司《おさたべしょうじ》。元暴走族上がりの半グレ。広域暴力団東青会《とうせいかい》の準構成員。前科四犯。殺人

未遂、恐喝、暴力犯など多数。逮捕歴十回以上。組長殺人未遂容疑で全国指名手配。

猪狩は袖《そで》口のマイクに囁いた。

「5番から、班長へ」

『何だ？』

「いまホテルに入った二台のベンツから降りた男たちの中に指名手配者を視認しました」

『なに？　ほんとうか？　何の事案のマル被（被疑者）だ？』

熊谷班長の声が強《こわ》ばった。

猪狩は袖口のマイクにいった。

「一人は強殺《ごうさつ》容疑の砂上竜兵、もう一人は殺未《さつみ》容疑の長田部彰司。いずれもマル指（指名手配者）になっています」

『ふうむ』

熊谷班長が唸《うな》った。

「接近して、バンカケしたいのですが」

『だめだ。我々は支援に来ているんだ。余計なことに手を出すな。本部からいつ支援要請が入るか分からない。だから、その場にスタンバイしろ』

「目の前にいる指名手配中の凶悪犯を見逃すのですか？」

『至急、こちらから、近くにいる機捜（機動捜査隊）に指名手配者情報を通報する。いいな、おまえたちはそこを絶対に動くな』

「了解。待機します」

猪狩はマイクのスイッチを切った。

坂井隊員がハンカチで首のあたりを拭いた。

残った二人組が落ち着かず、そわそわしている。ホテルの中に入った三人が早く戻らないかという顔をしている。

なにかおかしい、と猪狩は思った。

ホテルのロビーはガラス張りになっているので、外から内部がよく見える。玄関先の一人は緊張した面持ちで、あたりを見ていた。しきりに袖口のインカムに何事かを囁いている。

ロビーが騒がしくなった。警備員たちが駆け付け、ラウンジにいる客やホテル従業員たちに何事かを指示している。

猪狩はイヤフォンに手をやった。作業班の緊迫したやりとりが聞こえる。

『尾行班Aから本部。マル対、襲われた。拉致された』

猪狩は緊張した。

陳が誰かに襲われたというのか？

『十階に上がったところまで確認。その後、マル対はいったん女の部屋に入ったが、三人組の男たちが突然、部屋に押し込んだ』

『女の部屋は？』

『1012と確認』

『襲った暴漢《やつら》はどこに逃げた？』

猪狩は坂井と顔を見合わせた。

三人組の男たちというのは、あの大中小の男たちではないのか？

『不明。Aより、作業班長、マル対を見付けたら、どうするか？』

『追尾しろ』

『…………』

悲鳴が聞こえた。何かあったのだ。無線交信が途絶えた。

猪狩は坂井を振り向いた。

「やつらだ。きっと、あの三人組が襲ったんだ」

「チョウさん、どうします？」

「三人組を捕りに行く。坂井、おまえはここで待機しろ。命令違反はおれだけでいい」

「そりゃないですよ。自分もついて行きます」

「下手をすれば、田舎の駐在所勤めになるかも知れない。それでいいのか？」

「そうなったら、そうなった時のことです」

坂井はにやっと笑った。猪狩はうなずいた。

「よし、一緒に来い」

猪狩はホテルの玄関に向かって歩き出した。無線交信が復活し、イヤフォンにまた作業班のやりとりが聞こえた。班長の声が怒鳴った。

『A、どうした。応答しろ』

返事はない。

『Aはどこだ？　現在地を知らせろ』

やはりAの応答がない。

『B、C、現在地知らせろ』

『Bは階段を昇っている途中。現在八階到着。まもなく十階に上がる』

『Cは、どこにいる？』

『エレベーターで上昇中。六階を通過』

『十階には誰がいる？』

焦った声が響く。

『誰もいません』

作業班はかなり混乱している。マル対の行方を完全に見失ったらしい。三人組はマル対をどこに拉致していくつもりなのか？

公安捜査員も警察官だ。支援の待機中とはいえ、指名手配中の凶悪犯たちを見逃がすわけにはいかない。ましてやつらがマル対を拉致したとなると、なんとしてもやつらを捕まえねばならない。

イヤフォンに作業班の怒鳴り合う声が聞こえる。

『A班は、どうした』

『連絡不能』

『どうしたというのだ？』

突然、雑音とともに新たな声が聞こえた。

『……三人組は銃を持っている。至急応援頼む』

『応援要請は誰だ？』

『A。A班、マル対を連れた三人組と遭遇。銃撃された。至急応援頼む』

『現在地を知らせろ。どこにいる？』

『十階廊下だ。A班……負傷』

猪狩はホテルの十階を見上げた。マル対を連れた三人組はきっとエレベーターで降りて来る。どこでやつらを捕まえたらいいか？

『A班、どうした？』

『………』

応答なし。

イヤフォンから聞こえる会話に雑音が交《ま》じった。突然《とつぜん》、作業班長からの声が響いた。

『至急至急、公機捜（公安機動捜査隊）に応援要請。マル対は銃を持った三人組に拉致された。相手は武装している。警戒されたい』

『了解。了解』熊谷班長の声が応答した。

『マル対と三人組、エレベーターで一階に降りる。三人組の逃走を阻止されたし』

『了解……』

猪狩はイヤフォンを指で押さえ耳を澄した。

しばらく無線の中で怒声《どせい》が飛び交《か》い、内容不明な交信が続いた。

「坂井、行くぞ」「了解」

猪狩と坂井は歩きながら、腰の手錠と特殊警棒、脇の下に吊した自動拳銃シグを点検した。

　玄関先とロビーに残っていた二人の男は、しきりに周囲を警戒している。このまま玄関先に向かえば、ロビーの中で撃ち合いになる。ホテルの客や従業員を巻き添えにするわけにはいかない。

　イヤフォンから熊谷班長の怒声が聞こえた。

『班長から、5番猪狩、6番坂井。どこにいる？』

　猪狩は返答しなかった。

　猪狩は坂井に囁いた。

「坂井、やつらの足《アシ》を押さえよう」

「足を押さえる？」

「逃げ足を押さえるんだ」

　坂井は一瞬、戸惑った顔になったが、すぐに了解した。

　猪狩たちはホテルの庭の草叢《くさむら》や生け垣伝いに、ホテルの玄関前の駐車スペースへと忍び寄った。

　二台のベンツはエンジンをかけたままだった。運転手はいつでも発進出来るように、ハンドルに手を置いて待機している。

猪狩と坂井はベンツの斜め後ろの死角に入り込んだ。

猪狩は手シグナルで、坂井に右のベンツをやれと指示した。左のベンツを指差し、自分はこちらをやると合図した。坂井はうなずいた。

ベンツの運転席を窺《うかが》うと、運転手たちはホテルの玄関先に気を取られ、車の背後に回り込んだ猪狩たちに気付いていなかった。

熊谷班長の声がイヤフォンに響いた。

『猪狩、坂井、こちら班長、ホテルに急行しろ。作業班が襲われた。相手は銃で武装している。作業班を支援しろ。われらも駆けつける』

「了解」

猪狩はインカムのマイクに囁き返した。

班長たちが待機している御殿山公園の駐車場から、車でホテルに駆け付けるには時間がかかる。それよりもホテルの門付近にいた猪狩たちが現場に最も至近な位置にいた。

『猪狩、現在地は?』

「ホテルの玄関前駐車場」

『なに、もうそんなところにいるのか?』

「犯人たちの逃走車輛を押さえたい」

『よし。やれ』

班長の許可が下りた。

猪狩は坂井に囁いた。

「三、二、一で、車に乗り込む。まずは運転手を制圧しろ」

「了解」

猪狩は指を三本立てた。
三、二、一。
猪狩と坂井は同時に行動を起こした。

猪狩は助手席のドアを引き開け、助手席に乗り込んだ。

「警察だ！　動くな」

運転手は咄嗟に脇の下の拳銃に手を伸ばした。

猪狩は運転手の顔面に肘《ひじ》打ちを入れた。急所の鼻を打たれて、鼻血がどっと噴き出した。運転手は顔を手で被《おお》った。猪狩は運転手の脇の下から自動拳銃トカレフを抜いた。

隣のベンツでも坂井が運転手を締め上げ、自動拳銃を取り上げていた。坂井は親指を立てた。

猪狩は手錠を取り出し、運転手の手首に手錠をかけ、ハンドルにかけた。

「大人《おとな》しくしろ。いうことを聞かねば撃つ」

猪狩は安全装置を外し、トカレフを運転手の顎の下に押しつけた。

「ポリ公が人を殺せるのか？」

運転手はせせら笑った。猪狩はトカレフのスライドを引き弾丸を装塡させた。

「試してみるか？　このトカレフはおまえのものだ。おまえを殺しても自殺したと報告すれば済む。おれは必死に止めたが、おまえは引き金を引いたとな」

「汚ねえ」

「汚ねえのはおまえらも同じだろう」

猪狩は玄関先の黒スーツを窺った。男はベンツに手を上げ、袖口のマイクに叫んでいる。

猪狩は運転手の耳からインカムのイヤフォンを抜き、自分の耳に挿した。

『……なにをぐずぐずしている。早く車を出せ』

自動ドアに三人の男たちに腕を捉えられた陳鶴周が現われた。出入口に待機していた二人の黒スーツは、拳銃を周囲に向け、警備員やホテル従業員たちに下がれといっていた。

「よし、ゆっくりと車を出せ。逆らうと、撃つぞ。おれは今日、気が立っている。怒らせるなよ」

猪狩は助手席に身を沈め、拳銃の銃口を運転手の顎にぐいっと差し込んだ。

運転手は観念し、ベンツを出し、ゆっくりとホテルの玄関先に滑り込ませた。後ろから、坂井の乗ったベンツがついて来る。

ベンツが止まると同時に玄関先に立っていた黒スーツの男たちがベンツに駆け寄り、後部ドアを引き開けた。陳鶴周を後部座席に押し込んだ。

男たちは助手席に身を沈めた猪狩に気付いた。

「な、なんだ、こいつは」

「出せ」

猪狩は拳銃の銃口を運転手の顎に食い込ませた。車は急発進した。開いたままのドアから、乗り込みかけた黒いスーツの男が転げ落ちた。

「待て。待て」

黒スーツの男たちは大声で喚《わめ》きながら、車を追って来る。追い付けないと諦めると、黒スーツの男たちは、拳銃をベンツに向けて発射した。

「伏せろ」

猪狩は陳鶴周に怒鳴った。陳は後部座席に踞《うずくま》った。拳銃の発射音とともに何発かが車体に当たり、リアウインドウのガラスが粉砕《ふんさい》された。

ベンツはアプローチの道路を逆走し、正門まで来た時、公安機動捜査隊のマイクロバスがサイレンを上げながら入って来た。

「止めろ」

猪狩は運転手に命じた。

ベンツは急停止した。

マイクロバスはホテルに向かって突進して行く。その後から何台ものパトカーが続いた。

やや遅れて坂井が乗っ取ったベンツが猛然と傍に走り込んだ。砂塵をあげて停車すると、ベンツのドアが開き、坂井が飛び出した。

「チョウさん、大丈夫ですか?」

坂井がドアを叩いて叫んだ。

「大丈夫だ」

猪狩は後部座席に伏せている陳鶴周を見た。陳は恐怖でぶるぶると震えていた。

「警察です。もう心配ありませんよ」

猪狩は声を掛けた。

ようやく陳鶴周はほっとした表情になっていた。

5

「猪狩巡査部長、おまえは、公安刑事《デカ》なんだ。刑事《ジ》ではないんだぞ」

熊谷班長は大声で猪狩を叱《しか》った。

猪狩と坂井は、理事官室で、直立不動《ちょくりつふどう》の姿勢のまま、熊谷班長の説教を聞いていた。

「坂井巡査。おまえもおまえだ。猪狩巡査部長が暴走しようとした時、なぜ、おまえは止めなかった。あまつさえ、おまえも猪狩と一緒になって行動するとは以《もっ》ての外だ」

「申し訳ありません」

猪狩は謝った。

「なりゆきでしたんで。済みません」

坂井は涼し気な顔で正面を見ていた。正面の壁には、警視庁警察官募集のポスターが貼り付けてあった。女性警官の制服を着た若い女性がにこやかに笑いながら挙手の敬礼をしていた。猪狩は内心こいつ出来る男だなと笑った。

「熊谷班長、説教は、そのくらいにしておきたまえ」

真崎理事官がやんわりと熊谷を諭した。

「しかし、理事官。公安捜査員として、いまのうちに、刑事部の刑事《デカ》とは違うのだとしっかりけじめをつけさせないといかんでしょう」

「うむ。分かっている。その点は私からも、重々いっておこう。後は、私に任せなさい」

「分かりました。では、自分はこれで失礼します」

熊谷班長は、真崎理事官に敬礼し、理事官室から出て行った。

「二人とも、姿勢を楽にしたまえ」

真崎理事官はにこやかにいった。

猪狩と坂井は休めの姿勢を取った。

「班長は、ああいって怒ったが、それはきみたちの行為が、公安機動捜査隊の隊員としてあるまじきものだったからだ」

「以後、気を付けます」猪狩は大声でいった。

「自分も気をつけます」坂井も大声で叫んだ。

「ははは。しかし、きみたちの活躍で、陳鶴周の身柄《ガラ》を取り戻すことが出来ただけでなく、長年指名手配していた長田部彰司と砂上竜兵の二人を逮捕出来た。しかも拉致実行グループ全員を挙げることが出来た。近来にない、大成果だった。いずれ、二人に警視総監賞が授与されるよう、私から申請しておこう」

「ありがとうございます」

猪狩と坂井は一緒に声を上げた。

「では、二人とも帰ってよし」

「失礼します」

猪狩と坂井は真崎理事官に腰を斜めに折って敬礼した。

二人が退室しようとした時、ドアにノックがあった。

「入れ」

ドアが開き、書類を胸に抱えた女性警察官が入って来た。

女性警察官は、すれ違い様、猪狩を見ると、にっこりと笑い、頭を下げた。

「あの時は助けていただき、ありがとうございました」

猪狩は一瞬、何のことか分からず、戸惑った。坂井はにやりと笑い、「じゃあ、お先に」と猪狩にいい、部屋を出て行った。

どこかで見かけた女性だった。

猪狩は部屋を出ようとしてドアに手をかけた時、思い出して振り向いた。

「もしや、あの時のマル対の……」

「はい。飯島舞衣です」

飯島舞衣は大きな眸で猪狩を見上げた。真崎理事官が笑った。

「猪狩くん、そうなんだ。飯島警部補は、私の部下だ。広告代理店の社員に化けてもらい、追尾訓練のマル対になって貰った」

「警部補だったのですか」

猪狩は頭を掻いた。

「飯島警部補の正体は保秘だが、警視庁公安部ソトニ（外事二課）の捜査員だ。いずれ、きみもソトニに入って貰うが、いまは、その訓練だと思ってほしい」

「では、飯島警部補を襲い、拉致しようとした連中も、フェイクだったのですか？」

「いや、あれは違う。あれは敵が仕掛けた工作だ」

「あいつらは本物だったのですか？」

「そうだ。きみはそれを知らなかったが、偶然マル対役の飯島を助けた。飯島が、もしあそこで拉致されていたら、敵からどんな要求が出されたか分からなかった。もしかして、飯島の命もなかったかも知れない」

「やつらは、いったい、何者だったのです？」

「我々も必死に捜査しているが、正体が割れない。だが、おそらくは北朝鮮か中国の工作員だろう」

飯島警部補は大きくうなずいた。

「ほんとうに猪狩巡査部長の咄嗟の判断と、臨機応変の対応で、私は助かりました。このご恩は一生忘れません。ありがとうございました」

「そんな、礼をいわれるようなことはしていません。警察官として目の前で行なわれる犯罪について、黙視できなかっただけです。刑事として当然のことです」

「うむ。猪狩、きみの公安捜査員としての矩《のり》を場合によっては守らぬことが、危険ではあるが、今後の公安事案捜査に役に立つのではないか、と思っているのだ」

真崎理事官は真顔になった。

「そこで、猪狩、きみには、しばらく公安捜査員としてやってもらう。公安捜査技術を実践的に習得してもらう。その上で、私が率《ひき》いる班に呼ぶ。いいかな」

「はい。命令であれば、どこにでも行きます。しかし、理事官直属の班は、いったい何をやるのですか」

「古三沢忠夫殺人事件の真相解明だ」

真崎理事官は厳《おごそ》かにいった。

古三沢忠夫は、やはり殺されたのか？

「いったい、誰に、なぜ、殺されたというのです？」

「古三沢忠夫は、実は我々の協力者だった。古三沢は極秘裡に北の秘密工作員と接触し、わが国に張り巡らされた北のスパイ網を摘発しようとしていたのだ。きみの幼なじみの亜美さんが拉致された事案も、古三沢が調べていた。その古三沢が自殺するわけがない。北か、北のエージェントが死なせた可能性が高い。わが班は古三沢の残した手がかりを元にして再捜査しているのだ。きみには、ぜひ、わが班に入って貰い、敵の工作員たちを一網《いちもう》打尽《だじん》にするのを手伝ってほしいのだ。それが亜美さんを取り戻すことにつながるかも知れない」

亜美——古三沢忠夫の線は繋がっているというのか？

真崎理事官の話に、猪狩は運命的なものを感じるのだった。

一〇〇字書評

切り取り線

購買動機（新聞、雑誌名を記入するか、あるいは○をつけてください）

□（　　　　　　　　　　　　）の広告を見て
□（　　　　　　　　　　　　）の書評を見て
□ 知人のすすめで　　□ タイトルに惹かれて
□ カバーが良かったから　　□ 内容が面白そうだから
□ 好きな作家だから　　□ 好きな分野の本だから

・最近、最も感銘を受けた作品名をお書き下さい

・あなたのお好きな作家名をお書き下さい

・その他、ご要望がありましたらお書き下さい

住所	〒				
氏名		職業		年齢	
Eメール	※携帯には配信できません	新刊情報等のメール配信を 希望する・しない			

この本の感想を、編集部までお寄せいただけたらありがたく存じます。今後の企画の参考にさせていただきます。Eメールでも結構です。

いただいた「一〇〇字書評」は、新聞・雑誌等に紹介させていただくことがあります。その場合はお礼として特製図書カードを差し上げます。

前ページの原稿用紙に書評をお書きの上、切り取り、左記までお送り下さい。宛先の住所は不要です。

なお、ご記入いただいたお名前、ご住所等は、書評紹介の事前了解、謝礼のお届けのためだけに利用し、そのほかの目的のために利用することはありません。

〒一〇一－八七〇一
祥伝社文庫編集長　坂口芳和
電話　〇三（三二六五）二〇八〇

祥伝社ホームページの「ブックレビュー」からも、書き込めます。
www.shodensha.co.jp/bookreview

祥伝社文庫

ソトゴト　公安刑事《こうあんけいじ》

令和 2 年 1 月 20 日　初版第 1 刷発行

著　者　森《もり》　詠《えい》
発行者　辻　浩明
発行所　祥伝社《しょうでんしゃ》
東京都千代田区神田神保町 3-3
〒 101-8701
電話　03（3265）2081（販売部）
電話　03（3265）2080（編集部）
電話　03（3265）3622（業務部）
www.shodensha.co.jp
印刷所　堀内印刷
製本所　ナショナル製本
カバーフォーマットデザイン　芥 陽子

Printed in Japan ©2020, Ei Mori　ISBN978-4-396-34382-8 C0193

祥伝社文庫の好評既刊

祥伝社文庫の好評既刊

門田泰明　ダブルミッション（上）

東京国税局査察部査察官・多仁直文《たになおふみ》。偶然目撃した轢《ひ》き逃げが、やがて政財界の黒い企みを暴く糸口となる！

門田泰明　ダブルミッション（下）

No.1査察官・多仁らによって暴かれる巨大企業の暗部。海外をも巻き込む巨大な陰謀の真相とは？

渡辺裕之　傭兵代理店

「映像化されたら、必ず出演したい。比類なきアクション大作である」――同姓同名の俳優・渡辺裕之氏も激賞！

渡辺裕之　悪魔の旅団《デビルズ・ブリゲード》　傭兵代理店

大戦下、ドイツ軍を恐怖に陥れたという伝説の軍団再来か？　孤高の傭兵・藤堂浩志《こうじ》が立ち向かう！

柚月裕子　パレートの誤算

ベテランケースワーカーの山川《やまかわ》が殺された。被害者の素顔と不正受給の疑惑に、新人職員・牧野聡美《まきのさとみ》が迫る！

横山秀夫　影踏み

出所してすぐ、侵入した家の秘密を調べ始めた〝ノビ師〟真壁《まかべ》。あの女は夫を焼き殺そうとしていた――。